당신이 모르는 아내가 있다

저자ㅣ 하자마 에미코(狹間惠三子, 산토리차세대연구소)

1960년 오사카 출생. 리쓰메이칸 대학 문학부를 졸업 후 1982년 산토리 주식회사에 입사,
인사부와 광고부를 거쳐 산토리 후에키류코(不易流行)연구소(2005년 산토리차세대연구소로 명칭
변경)에서 근무했다. 주요 연구 주제는 가족 관계와 친자 관계의 조사, 아이들의 교육이나 환경,
현대인의 커뮤니케이션, 교제법의 연구 등이다. 현재 오사카부 문화재 센터의 평가원이며,
오사카지방재판소위원회위원과 교토 소비자생활심의회 의원, NPO법인 어린이
환경활동지원협회 이사로 활동하고 있다. 공저로《시대의 기분, 세대의 기분》(NHK북스),
《변화하는 번화가》(학예출판사) 등이 있다.

옮긴이ㅣ 정인영

세종대학교 일어일문학과를 졸업한 뒤 전문 번역가로 활동하고 있다.
옮긴 책으로《중년이 행복해지는 여섯 가지 비결》《병을 치료하는 영양 성분 가이드 북》《아이를
빛나게 하는 금쪽 같은 말》외 다수가 있다.

당신이 모르는 아내가 있다

초판 1쇄 인쇄 ㅣ 2007년 7월 1일
초판 1쇄 발행 ㅣ 2007년 7월 5일

지은이 ㅣ 하자마 에미코
옮긴이 ㅣ 정인영
펴낸이 ㅣ 양동현

펴낸곳 ㅣ 도서출판 나들목
출판등록 ㅣ 제6-483호
주소 ㅣ 서울 성북구 동소문동4가 124-2
대표전화 ㅣ 02) 927-2345 팩시밀리 ㅣ 02) 927-3199
이메일 ㅣ nadeulmok@nadeulmok.co.kr

ISBN ㅣ 978-89-90517-51-7   03830

www.nadeulmok.co.kr

당신이 모르는 아내가 있다

하자마 에미코(산토리차세대연구소) 지음 | 정인영 옮김

나들목

차 례

제2장 무관심의 균형, 분리형 부부

비록 지금은 사이가 좋아 보여도 오랜 세월을 함께 살아가다 보면 서로가 추구하는 것이 변하기도 한다. 그럴 때 부부가 함께 변화를 받아들일 수 있는가, 또는 상대의 변화를 인식할 수 있는가 하는 점은 매우 중요하다.

제6장 부부의 행복한 형태

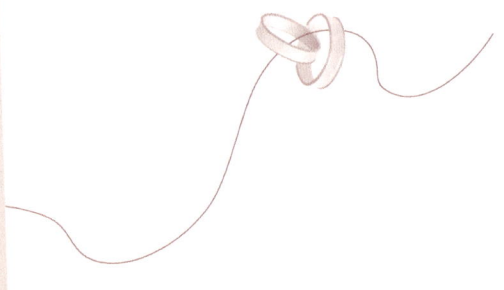

남편과 아내의 '어긋남'

베이비붐 세대 부부의 초상

지금부터 약 10여 년 전, 일본의 세대별 생활 의식과 행동을 연구하기 위해 설문 조사를 실시한 일이 있다. 그때 베이비붐 세대(단카이 세대)*의 부부에게서 그 윗세대에서는 나타나지 않았던 '불화'가 드러나고 있음을 알 수 있었다.

출생 시기가 저마다 다른 사람들의 사고방식과 행동을 비교함으로써

---

* 단카이 세대(寸塊世代) : 단카이란 일본어로 '뭉치' 또는 '덩어리'를 뜻한다. 제2차 세계대전 종전 직후인 1947~1949년에 출생한 베이비붐 세대. 일본 전체 인구의 5.3%인 680만 명에 달한다. 1948년 이후 폭발적인 출생률 증가 시기에 태어나 1960~70년대 학생 운동을 경험하고, 고도 경제 성장기에 기업에 입사하여 지금은 장년이 되어 일본 사회를 주도하고 있는 계층이다. 사회생활이 바쁘다는 핑계로 가정을 아내에게 일임한 세대로, 연애결혼과 핵가족을 정착시켰지만 정작 단카이 여성들은 일자리가 없어 절반 이상이 원하든 원치 않든 전업주부의 길을 걸었다. 한국의 베이비붐 세대는 한국전쟁 직후인 1955~1963년 출생자들로, 여러 면에서 닮아 있다.– 편집자 주

각 세대간의 의식과 감정을 객관적으로 파악하기 위한 이 조사에서는, 같은 나라 사람이라고 해도 자라난 시대와 사회 배경에 따라 사고방식이나 생활방식이 크게 다르다는 것이 입증되었다.

특히 큰 시대적 변화의 경계에서 태어난 베이비붐 세대에서는 다른 세대에서는 찾아볼 수 없는 '의식과 현실의 불일치'가 다양한 모습으로 나타났다. 그중에서도 두드러진 것이, 바라는 부부상과 현실에서의 부부 관계의 차이였다.

일본의 전후(戰後) 제1세대인 베이비붐 세대는 처음으로 남성과 여성이 어깨를 나란히 하며 공부한, '남녀평등' 교육을 받은 세대이다. 젊었을 때는 아이비 룩이나 미니스커트, 그룹사운드 등 기존의 틀에는 맞지 않는 '신세대 문화'라는 새로운 패션스타일과 음악 장르를 만들어 내기도 했다.

항상 새로운 세대 변화의 선두를 달려온 이 세대는 결혼에서도 새로운 스타일을 만들어 냈다. 즉 집안과 집안의 결합으로 여겨졌던 결혼의 전통적인 의미를 당사자들의 애정에 의한 결합으로 바꾸어 놓았으며, 핵가족 단위의 생활을 즐기는 '뉴 패밀리(new family)'를 추구했다. 이 세대의 대부분이 결혼한 1970년대 전반에는 중매결혼 비율이 33.1%인 데 비해 연애결혼은 61.5%나 되었다. 신혼여행은 해외로 가는 것이 유행이었고, 대도시의 주거 단지에서 부부가 사이좋게 자녀를 길렀다. 대가족 속에서 신혼 시절을 보낸 윗세대와는 매우 다르게, 부부가 기본 단위인 핵가족을 이루었던 것이다.

베이비붐 세대 여성들의 '불만'

하지만 이들 부부가 언제까지나 '뉴 패밀리'가 될 수는 없었다. 입시 전쟁을 거쳐 기업에 들어간 남성들은 고도성장의 물결에 휩쓸려 기업의 핵심 구조에 편승되었고, 가정에 소홀한 것을 마음에 걸려 하면서도 회사일에 쫓기는 생활을 하루하루 반복해야 했다.

반면, 이 세대에 속한 여성의 직장은 한정되어 있었고, 교사나 공무원 등의 전문직을 제외하곤 남성과 동등하게 일한다는 것이 거의 불가능했다. 자유롭고 민주적이며, 자립하는 부부 관계를 희망했던 베이비붐 세대지만 역설적이게도 전업주부가 된 여성의 비율이 가장 높은 세대이기도 하다.

"졸업 후 회사에 취직했는데 여성은 대부분 임시직에 불과했어요. 나는 아이를 낳으면서 전업주부가 되었죠. 끝까지 남은 동료들이 고위 관리가 되어 있는 걸 보면 사회생활을 그만둔 것이 후회스러워요. 일을 계속했다면 나도 지금쯤 우수한 임원이 되어 있을 텐데 하는 아쉬움이 있습니다."

이렇듯 사회생활을 계속했다면 자아 성취가 가능했을 거라면서 후회하는 여성들이 적지 않다.

대기업에서 디자이너로 근무하고 있는 한 남성은 아내의 사회생활을 반대했던 일을 후회하고 있다.

"아내는 결혼해서 아이가 태어날 무렵까지 5년간 일을 했습니다. 회사를 그만둘지 더 다닐지를 두고 옥신각신했는데 결국 저의 강력한 요구에 전업주부가 되었죠. 참 보수적이고 낡은 사고방식이었어요."

부모나 상사는 물론 남편도 아내의 편이 아니었다. 결혼 주례사에 '내조(乃祖)의 힘'이라는 단어가 당연하게 사용되고, 가족을 먹여 살리는 것이 변변한 남편의 대명사처럼 떠오르는 시대였다. 대부분의 여성은 결혼과 동시에 일을 그만두고 아내 그리고 엄마가 되었다.

하지만 남녀평등이라는 민주주의의 세례를 받고 학교에서나 직장에서나 남성과 어깨를 나란히 해 온 여성들로서는 결혼이나 출산 때문에 일을 포기하고 가정으로 돌아간다는 것이 매우 큰 '불만'일 수밖에 없었다. 친구라고 여겼던 남편이 고도 경제 성장의 물결에 휩쓸려 일에 몰두하는 것과는 참 대조적이라 할 수 있다. 어쩌면 이때부터 베이비붐 세대의 부부간에 불화가 발생하기 시작한 것인지도 모르겠다.

자주 등장하는 말, '이혼'

7년 전에 베이비붐 세대를 중심으로 한 중간 세대의 부부 200쌍을 대상으로 설문 조사를 실시한 적이 있다.

누구와 함께 있는 시간이 가장 기분 좋은가?'라는 질문에 대해, 남성은 '부부가 함께 있는 시간'(57.5%)을 꼽았고, 여성은 '혼자 있는 시간'(60%)을 꼽았다. '부부가 함께 있는 시간'은 그 절반 수준인 30%에 지나지 않았다(17페이지 참조). 또 '지금까지 이혼을 생각해 본 적이 있는가?'라는 질문에 '예'라고 대답한 남성은 25%인 데 비해 여성은 2배에 가까운 46%가 '생각해 본 적이 있다'고 대답했다.

설문 조사 당시 갓 50세를 넘긴, 가장 왕성하게 일하고 있는 연령대의 부부에게서 남녀간 생각의 차이가 확연히 드러났다. 그렇다면 10여 년이 지나 정년을 눈앞에 두고 있는 지금, 베이비붐 세대 부부들의 인식은 달라졌을까? '경제 활동'과 '자녀 교육'이라는 바쁜 시기를 끝내고 부부가 다시 마주서게 되는 결혼의 후반부. 회사일·집안일·자녀 교육이라는 역할에서 해방되었을 때 부부가 함께 살아가는 의미를 어디서 찾을 것인가?

베이비붐 세대의 여성들이 앞세대의 여성들과 다른 점은, 자녀 양육을 마무리한 시점에서 자신이 사회에서 무엇을 할 수 있을까, 하고 싶은 일이 무엇인가를 생각하고 행동하기 시작한다는 점이다. 좋은 아내, 좋은 엄마로 존재하는 것도 중요하지만, 독립된 인간으로서 사회에 나가 의미 있는 무엇인가를 하고 싶다는 절실한 바람이 시작된다고 볼 수 있다. 시간제 아르바이트를 시작하거나, 공부를 해서 자격증을 따고, 봉사 활동이나 비영리기관 등 지역 활동이나 사회 활동에 힘을 쏟는 사람도 적지 않다. 현재 비영리기관에서 활동하는 사무국 스태프 중에서 가장 많은 비중을 차지하는 그룹이 베이비붐 세대를 중심으로 한 50대 여성들이다.

"이제부터 일을 통해 한 사람의 인간으로 인정받고 싶어요. 만일 남편이 나의 일을 인정하지 않지만 경제적인 여건은 허락된다면 이혼할 수도 있습니다."

"마주칠 때마다 싸운다면 차라리 둘이 나란히 있는 게 어떨까요? 그렇게 생각하고 기분을 새롭게 가다듬어서 가능하면 이혼만은 피하려고 합니다."

이 세대 여성들과의 대화에서는 이혼이라는 말이 자주 나온다. 친구처럼 다정해야 할 남편은 '바깥일을 하고 있다'는 대의명분을 내세워 아내에게 모든 집안일을 떠맡겨 버린다. 남편이 어쩌다 집안일을 도와주었다고 해서 대등한 관계라고 볼 수는 없다.

남편 쪽에서도 어쩐지 단춧구멍이 어긋난 듯한 느낌을 지울 수가 없다. 바깥일이 바쁘다는 핑계로 자녀 교육을 비롯한 모든 집안일을 아내에게 떠맡겨 버린 것 같아 가끔씩 떳떳하지 못한 마음이 든다.

"정년이 되어도 아내가 옆에 있어 줄까요? 지금은 월급이 나오고 있으니까 아무래도 ……."

이렇게 불안한 마음을 토로하는 남성들도 적지 않다. 결코 바라는 일은 아니지만, 이혼당할 가능성을 완전히 부인할 만한 확신도 없다. 어느 사이엔가 점점 멀어져 버린 듯한 거리감에 신경이 쓰이면서도 바쁜 일상에 쫓겨서 곰곰이 생각해 보지 못한 사이에 아내와의 골은 더욱 깊어진 듯하다.

연금의 절반은 아내 몫

일본에서는 2007년 4월부터 이혼 시의 연금 분할 수급 제도가 시작되었다. 그와 함께 황혼 이혼이 급증할 것이라는 예상이 불거져 나왔다.

① 누구와 함께 있는 시간이 가장 기분 좋은가?

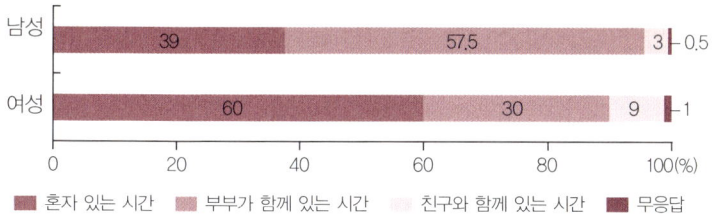

남성 | 39 | 57.5 | 3 | 0.5
여성 | 60 | 30 | 9 | 1

0 20 40 60 80 100(%)

■ 혼자 있는 시간　■ 부부가 함께 있는 시간　□ 친구와 함께 있는 시간　■ 무응답

② 집에서 여가를 누린다면 남편과 아내가 함께 있는 시간을 갖고 싶은가?

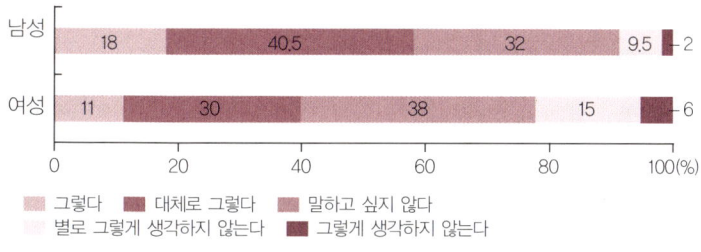

남성 | 18 | 40.5 | 32 | 9.5 | 2
여성 | 11 | 30 | 38 | 15 | 6

0 20 40 60 80 100(%)

■ 그렇다　■ 대체로 그렇다　■ 말하고 싶지 않다
□ 별로 그렇게 생각하지 않는다　■ 그렇게 생각하지 않는다

(①, ② 모두 45~54세 부부 200쌍 조사) 산토리 후에키류코(不易流行) 연구소

한국에서도 1999년부터 '이혼 부부 국민연금 분할제'를 시행하고 있다.

전업주부에게 있어 연금 문제는 이혼의 발목을 붙잡고 있던 가장 큰 이유였다. 그런데 새로 바뀌는 제도에 의하면, 남편의 동의나 법원의 결정이 있다면 후생 연금의 최대 1/2이 아내에게 분할될 수 있다고 한다. 특히 2008년 4월부터 이 제도가 본격적으로 시행되는데, 이혼을 할 경우 아내가 전업주부였던 기간에 대해서는 남편이 받는 후생 연금의 절반이 자동적으로 아내의 몫이 된다. 부부간의 합의나 재판관의 판결 없이 아내가 요구하는 것만으로도 분할 받을 수 있다는 것이다.

2007년은 일본에서 베이비붐 세대의 정년퇴직이 시작되는 해이다. 그런데 베이비붐 세대의 정년퇴직 문제는 남성의 생활 변화에만 있지 않다. 이 세대의 절반인 약 500만 명에 달하는 여성의 생활이 변화되고, 더욱이 부부간의 문제가 대두된다.

아내들의 이야기를 들어 보면, 정년 후에 역할 분담이 달라지거나 부창부수(夫唱婦隨)가 될 가능성은 많지 않은 듯하다. 오랫동안 가족을 위해 일해 온 가장에 대한 고마운 마음은 있지만, 그 '고마운 마음'이 정년 후 20~30년간 지속되기는 쉽지 않을 것이라고 생각하기 때문이다. 앞에서도 이야기했듯이, 아내에게는 가족을 위해서 사회생활을 포기했다는 생각이 자리잡고 있다.

지금까지 겉으로 드러나지 않았던 부부의 역학 관계나 의사 결정 방법은 정년을 맞거나 병이 드는 등 생활의 변화에 따라 크게 달라질 수 있다. 일찍이 친구 같은 부부, 뉴 패밀리를 지향한 남녀 관계가 조금씩 벌어져 버린 엇갈림을 이제부터 어떻게 메워 갈 것인가? 부부가 어떻게 서로의 생각 차이를 자각해서 조정해 갈 것인가? 그것은 베이비붐 세대의 문제일 뿐만 아니라 '장수 사회=부부의 장기화'라는 새롭고 커다란 주제와도 연결되어 있다.

여러 부부의 실례 검증

산토리차세대연구소에서는 샐러리맨 가정을 중심으로 결혼한 지 20년이 넘은 중간 세대의 남녀에게 부부 관계에 관한 인터뷰를 실시했다.

부부 관계를 이루는 요소에는 부부의 유연성과 자립심, 서로에 대한 관심도, 자녀 양육에 관한 의식, 남편의 가사 참여 등 여러 가지가 있다. 어떤 유형의 부부가 좋고 어떤 유형의 부부가 나쁜지를 따져 보자는 것이 아니라, 어떤 부부가 되고 싶은가, 서로를 얼마나 이해하고 있는가, 세월이 지나면서 일어난 여러 가지 사건이나 변화를 각자가 유연하게 받아들여 부부가 함께 변화하고 있는가 하는 점이 더 중요하다고 할 수 있다.

　이 책의 제1장과 2장에서는 부부 관계 인터뷰 사례 중에서 특히 위험하다고 생각되는 두 가지 유형의 부부를 먼저 소개함으로써 독자들의 이해를 돕고자 했다.

　물론 인터뷰에 응한 부부 가운데는 서로에게 충실하며 관계가 원만한 부부도 있었고, 반대로 서로에게 충실하지 않으며 의사소통이 이루어지지 않는 부부도 있었다.

　여러 가지 유형의 부부 중에서도 특히 위험하다고 느껴지는 부부는 남편이나 아내 어느 한쪽이 자만심에 차서 일방적인 권리를 행사하고 있으며, 남편과 아내가 추구하는 것이 서로 다른 부부였다.

　비록 지금은 사이가 좋아 보여도 오랜 세월을 함께 살아가다 보면 서로가 추구하는 것이 변하기도 한다. 그럴 때 부부가 함께 변화를 받아들일 수 있는가, 또는 상대의 변화를 느낄 수 있는가 하는 점은 매우 중요하다.

　도시화·핵가족화·저출산화·여성의 사회 진출 등 가정을 둘러싼 사회 현상이 매우 많이 변했고, 앞으로도 큰 변화를 예고하고 있다. 이런 상황 속에서 개개인과 가족의 자립 문제를 탐구하기 위해 산토리차세대 연구소에서는 경제 상황과 문화, 전통이 다른 7개국, 즉 미국·영국·프랑스·이탈리아·스웨덴·한국·대만을 대상으로 부부 관계·가족 관계·자녀 교육에 관한 인터뷰를 시행했다.

제3장과 4장에서는 이 조사 대상국 가운데 미국과 스웨덴, 한국의 부부에 관련된 사례를 소개하고자 한다.

결혼과 이혼, 재혼 비율이 비슷하게 높고, 결혼에 대한 집착 또한 강한 미국, 개인을 기본으로 한 사회를 구축한 결과 대등한 부부 관계를 이루고 있는 스웨덴, 그리고 전통적인 가부장 제도가 흔들리면서 부부 관계 또한 급속하게 변모하고 있는 한국.

사회·문화·경제 상황 등 일본과는 배경이 다른 이 3개국 가운데 어느 나라가 가장 뛰어나고, 어느 나라를 닮아야 한다는 기준은 없다. 하지만 각 나라의 사례를 통해 개인의 자립 문제와 가족의 관계를 진지하게 생각해 볼 수 있었다. 부부는 그냥 존재하는 것이 아니라, 부부로 인정받기 위한 생각과 노력이 필요하며, 그 과정에서 서로의 의사를 존중하고 행복을 바라는 마음이 있어야 관계가 제대로 형성된다는 것을 절실하게 느낄 수 있었다. 특히 서로를 정면에서 바라보고 관계를 이루어 가려고 노력하는 서구의 부부들을 보면서, 적당한 거리감을 유지하는 것이 좋다고 여기는 일본 부부들과 매우 차이가 크다는 사실을 발견할 수 있었다.

진정으로 행복한 부부의 모습은?

제5장에서는 한 발 앞으로 나아가, '남편의 정년'으로 인해 부부간의 관계에 큰 변화가 생긴 아내들을 한자리에 모셔 놓고, 생활의 변화와 남편과의 관계 등에 대해 진지한 대화를 나누는 자리를 마련했다.

남편이 정년퇴직하여 집에 머묾으로써 부부가 함께 있는 시간이 늘어났을 때 생기는 대립은 상상 이상으로 심각한 모양이다. 남편은 생활의 전부였던 회사를 그만둔 것이 마치 자신의 '거처'를 잃어버린 것 같고, 아내의 입장에서는 '자신의 성(城)'이었던 집에 남편이 하루 종일 머물러 있다는 것이 부담스럽다. 자유롭게 보내던 시간이 줄어들고, 이웃 또는 친구들과 교우를 즐기지 못하는 것이 스트레스의 원인이 된다. 아내 혼자 있을 때는 점심도 적당히 때우거나 친구들과 해결했는데, 남편이 집에 있음으로써 신경 쓰지 않을 수가 없게 된다. 하루 종일 곁에 있는 남편 때문에 스트레스를 심하게 받아 신경성 위염으로 입원까지 한 아내도 있다.

제6장에서는 중간 세대의 부부 중에서도 행복한 관계를 지속하고 있는 두 가지 유형의 부부를 소개한다.

한쪽은 부부가 협의하여 남편이 경제적·정신적으로 주도권을 잡음으로써 평온한 관계를 이루고 있는 유형이다. 아내는 어떤 경우에도 주도권을 잡은 남편을 존중하고, 남편도 그런 아내에 대해 늘 고마워하는 마음을 가지고 있다.

또 다른 유형은 부부가 각자 자기의 일을 가지고 있으면서 서로 도와주고 협력하여 가정생활을 유지해 온 '친구' 같은 부부이다. 가사와 육아를 상황에 따라 분담하고, 항상 '잘했다', '지금도 잘하고 있다'면서 서로를 긍정적으로 평가해 준다.

위에 소개한 부부는 서로 다른 유형이지만, 남편과 아내의 뜻이 맞고 서로가 이해하는 관계라는 점, 그리고 서로에게 감사와 존경을 표한다는 공통점을 가지고 있다.

인생을 80년이라고 본다면 부부로 사는 기간은 50년에 달한다. 지금의 부부 관계를 재인식하지 않으면 결혼 생활을 지속할 수 없는 상황이 찾아올지도 모른다. 어떠한 배려나 노력이 없다면 지속적인 인간관계가 이루어지기 어렵다. 이제부터 환경이 바뀌어 새로운 무대로 들어서려는 중간 세대의 부부라면 잠시 멈추어 서서 남편과 아내의 관계를 다시 디자인해 보는 것은 어떨까? 두 사람의 관계가 reset되기 전에…….

01

아 내 에 게　　관 심 이　　없 는
원 맨 형　　부 부

'원맨형 부부'는 아내의 경제력과는 관계없이 남편의 발언권이 강하고
남편을 중심으로 생활하는 관계이다. 기본적으로 남편은 가정이나 아내에 대한
관심보다는 자신의 일이나 취미에 관한 욕구가 높다. 반면 아내에게는
확고하게 자신의 세계를 가진 '강한 남성'에 대한 동경과 불만족이 공존한다.

아내에게 관심이 없는
원맨형 부부

납득할 수 없는 부부의 형태

부부 관계에 영향을 미치는 요인은 매우 많다. 배우자의 성향, 궁합, 각기 자라온 가정환경……. 또 사람마다 '좋은 부부'에 대한 기준이 다르므로, '좋은 부부는 이런 부부다', '나쁜 관계는 이런 경우다'라고 단정할 수도 없다. 다만 여러 부부의 사례를 관찰하다 보면 과연 이들 부부가 서로 이해하면서 부부 관계를 지속하고 있는가 하는 의문이 생기는 경우가 있다. 특히 서로를 이해하려는 노력이 없는 경우에 부부의 불균형이 느껴진다.

우선 제1장에서는 남편이 아내에게 관심을 보이지 않는 '원맨형 부부'를, 제2장에서는 각자 역할을 명확하게 분리하여 서로 의지하지 않고 자신의 개성대로 살아가는 '분리형 부부'를 소개하고자 한다. 두 유형 중 어느 쪽이 더 이상하다고 말하기는 어려울 것 같다. 어쩌면 주위에서 흔히 발견할 수 있는 부부상일지도 모른다.

두 유형 모두 서로에 대한 배려나 이해 속에서 성립되어 있다는 느낌은 받을 수 없었다.

원맨형 부부와 분리형 부부의 일반적인 특징

'원맨형 부부'는 아내의 경제력과는 관계없이 남편의 발언권이 강하고 남편을 중심으로 생활하는 관계이다. 기본적으로 남편은 가정이나 아내에 대한 관심보다는 자신의 일이나 취미에 관한 욕구가 높다. 반면 아내에게는 확고하게 자신의 세계를 가진 '강한 남성'에 대한 동경과 불만족이 공존한다.

'분리형 부부'는 남편이나 아내나 서로를 독립적인 존재로 인정하고 지나치게 간섭을 하지 않는 관계다. 육아나 자녀 교육 등의 공통 목표가 있으면 가족으로서의 관계는 깊어지지만, 기본적으로는 상대의 영역에 간섭하지 않고, 부부 각자가 자신의 생활과 취미를 유지하며 충실하게 살아간다. 개인 생활에 지나치게 충실하여 부부이면서도 서로에게 영향을 미치지 않는 관계라고 할 수 있다.

어쨌든 '원맨형'인지 '분리형'인지보다 중요한 것은, 남편과 아내 두 사람 모두 그러한 관계를 이해하고 있는가 하는 점이다. 오랜 세월을 함께 살면서도 배우자의 생각이 어떤지 확인해 보려는 부부도 많지 않고,

겉으로는 대화가 통하는 부부처럼 보여도 사실은 부부 중 어느 한쪽만 만족하는 경우가 의외로 많다.

"나는 지금의 관계가 명쾌하여 매우 좋다."고 말하는 남편도 있다. 과연 아내도 같은 생각을 하고 있을까?

남편의 일방적인 만족만 존재할 뿐
유형 1

아내의 존재 의미는 남편의 뒷바라지

오오하라 씨는 결혼한 지 27년이 되었다. 나이는 54세. 서비스업에 종사하는 샐러리맨으로, 현재 대학교에 다니는 두 딸을 두었다. 대학을 다닐 때 두 살 연하인 지금의 아내를 만나 몇 년간 교제 끝에 결혼했다. 아내는 친정에서 막내딸로 자랐는데, 여자는 24~25세가 되면 결혼하는 것이 당연하다는 주위의 압력을 받고 있었다. 오오하라 씨는 그런 그녀에게 '떠밀리다시피' 결혼했다.

오오하라 씨가 생각하는 이상적인 부부상은 '부부지만 개인적으로는 자유로운 것'이다.

"열 가지 중에서 일이 50%, 취미가 30%, 가족에 관련된 것에는 20% 정도 비중을 둡니다. 나에겐 '가족이 그 무엇보다 소중하다'는 생각은 없습니다."

오오하라 씨는 가족과 함께하는 시간보다는 자신만의 시간을 가지는 것을 우선시한다. 취미는 클래식 음악 감상과 골동품 수집. 결혼 초부터 가계는 오오하라 씨가 주로 관리하고, 아내에게는 매월 일정액의 생활비만 주었다. 그렇게 한 이유는, 아내에게 가계를 모두 맡겨 버릴 경우 긴축 재정을 할 것이라 생각했기 때문이다.

오오하라 씨의 인생관은 생활은 물론 마음도 풍요롭게 살아가는 것이다. 돈을 아끼기 위해 골동품을 구입하고 음악 감상회에 가는 기회를 줄이는 일 따윈 결코 하지 않는다. 가끔 아내를 음악회에 데리고 가기도 하지만 아내는 음악회를 좋아하지 않으므로 부부 공통의 취미라고 볼 수는 없다. 오히려 아내보다는 딸들과 취미가 비슷해서 최근에는 두 딸과 함께 음악회에 가거나 여행을 하고 있다 .

"아내와는 무덤덤하게 살고 있습니다. 취미도 맞지 않고 대화도 거의 없습니다."

그렇다면 그에게 있어 아내의 존재 의미는 무엇인가? 바로 '뒷바라지를 해 주는 것'이다. 오오하라 씨는 집안일엔 전혀 관심을 두지 않고, 자녀 교육도 전적으로 아내에게 맡겨 버렸다. 심지어 학교를 선택하는 문제에도 관여하지 않았다. 결혼 이후 자녀 교육을 비롯한 집안일은 모두 아내의 몫이었다.

아내는 그런 남편에 대해 어떤 생각을 가지고 있을까? 가정과 아내에게 전혀 관심이 없고, 자신만의 세계에 몰두하는 남편에 대해서 여러 가지 생각을 품고 있는 것만은 확실하다.

"아내는 남편인 내가 출세에 관심이 없고, 경제적으로 여유도 없는 것이 불만이겠지요. 가정에 무관심한 것에도 불만을 품고 있을지 모릅니다. 하지만 나를 통해 접할 수 있는 세계, 즉 음악회나 골동품 수집 등의 예술과 관련된 즐거움이 있기에 잘 참고 살고 있다고 생각합니다."

아주 가끔씩 음악회에 가자고 하면 아내는 말없이 따라온다. 하지만 오오하라 씨는 부부가 함께 외출하겠다는 생각은 거의 하지 않는다. 특히 해외 여행은 신혼 여행 이후 단 한 번도 함께 간 적이 없다.

부부가 함께하는 취미라고요? 부담스럽죠

오오하라 씨는 부부가 함께하는 시간이 지나치게 적은 것을 제외하면 '부부 관계는 그럭저럭 좋다'고 여기고 있다. 적어도 자신이 생각하고 있는 부부상에 가깝다는 것. 그는 앞으로도 부부 둘만이 함께하는 시간을 늘리거나, 대화를 더 하고 싶은 생각은 없다. '정치나 사회문제에 관심이 없는 아내'와는 대화를 해도 통하지 않을 것이라고 생각하고 있다.

그런데 자세히 살펴보면, 아내가 안온하게 하루하루를 지내고 있는 것은 아니다. 자녀의 진로를 결정할 때도 남편은 아이들의 아버지로서 상담자가 되어 주지 못했다. 아내 혼자 담임 선생님을 만나 상담한 뒤, 아이들과 의논하여 결정했다. 아내는 아이들이 다니는 학교의 특별 활동 프로그램에도 열심히 참여했고, 학부모회 임원이 되어 궂은일을 도맡아 했다.

얼마 전 두 딸이 대학생이 되면서 학교에 갈 일이 없어지자 여가시간을 이웃과 함께하기 시작했다. 이웃에 사는 주부들에게 과자 만드는 법을 가르쳐 주고, 테이블 매너(table manner : 양식을 먹을 때 지켜야 할 예절 또는 식탁에서의 예절) 강사로 활동하기도 한다. 아내로서 남편의 뒷바라지에 최선을 다하고 있지만, 남편과 뜻을 모아 가정을 만들어 가는 꿈은 일찌감치 포기했다. 아내는 자신의 세계에서 교우 관계를 즐기고, 좋아하는 일을 열심히 하는 것으로 자아실현을 꾀하고 있다.

오오하라 씨는 정년퇴직 후 작은 골동품 가게를 열겠다는 꿈을 꾸고 있다. 또 음악회의 도우미로 자원봉사하고 싶기도 하다. 그런데 그가 꿈꾸는 정년 후의 계획에 아내는 등장하지 않는다. 그는 자녀들이 독립하고 난 뒤 부부 둘만이 남은 상황에 대해서는 한 번도 깊이 생각해 본 적이 없다.

"그저 내가 좋아하는 일을 즐기며 조용히 살고 싶습니다. 그렇지 않으면 답답해서 숨이 막혀 버릴지도 모릅니다. 아내와 취미 생활을 함께하는 것을 바라지 않습니다."

그런데 자녀가 독립하면 노후 생활은 부부 둘만의 것이 된다. 그때 어떻게 시간을 보낼 것인가? 남편은 남편대로, 아내는 아내대로 취미도 따로 즐기고 이웃과의 교제도 따로 하면서 살 것인가? '사회(직장)에서의 일'이라는 대의명분과 '자녀 양육'이라는 공통의 관심사가 사라진 뒤에도 아내는 부부 관계에 아무런 불만을 갖지 않을까?

부모 봉양은 당연히 아내의 일

오오하라 씨는 '아내와 단 둘이 지낼 것을 생각하면 답답해서 숨이 막힌다'고 말하면서도 별거나 이혼은 생각하지 않고 있다. 지금까지 자신은 세세한 집안일에는 절대 관여하지 않았고, 아내 역시 세금이나 연금에 대해 알려고 하지 않았다. 만일 떨어져 살게 되면 서로가 불편할 것이라고 생각하고 있다.

오오하라 씨의 부모는 바로 이웃집에 살고 있다. 외아들인 오오하라 씨는 젊었을 때부터 자신이 부모를 보살펴야 한다고 막연하게 생각해 왔다. 하지만 부모를 봉양하는 문제에 대해서 아내와 구체적으로 상의해 본 적은 없다. 어떤 기준도 마련하지 않았으면서도 '당연히 아내가 맡아서 해 주겠지' 하고 기대하고 있다.

오오하라 씨는 아내가 자신의 취미를 이해해 주고 잔소리를 하지 않는 것이 고맙다. 남편을 구속하려 들지 않고 말없이 살아가는 것이 아내의 장점이라고 생각하고 있다. '아내는 감성이 풍부하고 사람을 사랑할 줄 아는 여성'이라고 좋게 생각하지만, 아내에게 의지하며 살아가고 싶지는 않다.

"부부란 둘이 만나 하나가 되는 것이라는데 나는 결코 그렇게 살고 싶지가 않아요. 어쩌면 난 비겁한 사람인지도 모르겠습니다."

아내는 내 꿈을 실현하기 위한 조력자

유형 2

일은 내 꿈을 실현하는 것

네 살 연상의 아내와 결혼한 지 32년이 된 가나이 씨는 일 자체를 즐긴다. 57세가 되던 작년에, 그동안 근무해 온 회사를 그만두고 경영 컨설턴트로 독립했다. 회사에서 경제 분석 업무를 맡아 온 그는, 일본의 경제 기반은 중소기업이라는 확신을 접어 본 적이 없다. 젊었을 때부터 '50세가 넘으면 사회에 환원할 수 있는 일을 하고 싶다', '일본의 중소

기업을 활성화하고 싶다'는 포부를 지녀 왔고, 오로지 그 일념으로 꿈을 실현하기 위해서 독립을 결행한 것이다.

현재 가나이 씨가 하는 일은 중소기업 경영 상담. 생산 현장이 바쁘게 돌아가는 중소기업들은 토요일이나 일요일, 심지어는 한밤중에도 전화를 걸어온다. 그 때문에 자녀 교육을 마무리하고 재취업에 성공해서 복지 시설에 근무하는 아내와는 생활이 완전히 엇갈리고 말았다. 가나이 씨는 저녁식사를 마치면 곧바로 방으로 들어가서 자료를 만들고, 주말에도 쉬지 않고 일을 했다. 이에 아내는 불만이 많았다. 남편이 독립하면 경제적으로나 시간적으로 여유가 생겨 둘만의 시간을 가질 수 있을 것이라고 생각했는데 기대가 여지없이 무너진 것이다.

가나이 씨가 활기에 넘쳐 일하는 것을 보고 아내는 가끔 비꼬는 투로 이렇게 말한다.

"당신은 좋아 보이는군요."

가나이 씨는, 방치되어 쓸쓸해하는 아내의 마음을 알지만 굳이 배려해 주지는 않는다. 영화나 연극을 보러 가자는 아내의 제안을 쌀쌀맞게 거절할 때가 한두 번이 아니다.

"당신이 무엇을 원하는지 알아. 하지만 밖으로 나가고 싶으면 혼자서 나가."

그는 아내에 대해 '주체성이 없는 사람'이라고 단언한다.

"아내는 혼자서는 아무것도 할 수 없는 사람입니다. 주체가 되는 사람 옆에서 그를 도와줄 수는 있지만 자신이 주체가 되지는 못합니다."

"내가 혼자서 어떤 것을 결정하면 아내는 불만을 토로합니다. '그럼

어디 당신이 해 봐' 하면 절대로 하지 않으면서요. 그래서 나는 내가 하고 싶은 대로 합니다."

아내는 자신과는 상의하지 않고 일방적으로 모든 일을 결정하는 남편에게 불만이 쌓여 가고 있다. 가끔 남편을 향해 불만이 폭발할 때도 있다.

가나이 씨는 아내의 감정이 폭발했을 때는 이성적으로 이야기해도 소용이 없기 때문에 결코 반론을 제기하지 않고 잠자코 듣고만 있다고 한다.

"아무리 화가 나도 그런 감정은 15분 이상 지속되지 않죠. 그래서 나는 잠자코 폭풍이 지나가기를 기다립니다."

아내는 언제나 나를 따라온다

얼핏 듣기에는 아내를 무시하는 것 같지만 가나이 씨는 여전히 아내를 좋아한다. 자기에게 애교를 부리는 아내, 운전하는 남편의 옆 조수석에 앉아 드라이브할 때가 가장 즐겁다는 아내. 남편과 지내는 시간을 즐기는 아내……

하지만 아내가 자신의 시간을 방해할 때는 귀찮다. 그는 부부나 가족이라도 개인의 독립성을 인정해야 한다는 사고방식을 가지고 있다. 그래서 결혼할 때도 아내에게 당부한 것이 있다.

"서로 다른 남남이 만나 함께 살다 보면 맞지 않는 부분이 있을 것이다. 만일 어느 한쪽이 자신을 희생하지 않는다면 헤어지는 편이 낫다."

그의 말에 아내는, "그런 일이 일어나지 않도록 내가 모든 것을 당신에게 맞출게요." 하고 다짐했다고 한다. 그 당시 아내는 사회 통념상 노처녀로 낙인 찍히는 서른 살을 넘기기 전에 결혼을 해야 하는 입장이었고, 남자인 가나이 씨는 '아직 결혼하기에는 너무 이른' 입장이었다.

30년 전의 관계가 지금까지 영향을 미치는 것은 아닐까? 가나이 씨는 여전히 강경한 태도를 고수하고 있다. 아내가 방치되어 있다는 느낌을 받고 있으며, 불만 또한 크다는 것을 알면서도 아내가 먼저 별거나 이혼에 대해 말을 꺼내는 것을 용납할 수 없다.

"우리 부부가 헤어질 가능성은 없어요. 만일 있다고 해도 내가 다른 사람을 좋아하게 될 경우에만 가능합니다."

지금 가나이 씨가 하는 사업은 자아실현을 위한 것이다. 만일 일이 잘 풀리지 않으면 스스로 인생의 막을 내리고 싶다고까지 생각하고 있다.

"아무 일도 하지 않고 집에서 뒹굴면서 찾아오는 사람이나 기다리는 생활은 싫습니다. 전력투구해야 할 일이 없다면 살아 있어도 살아 있는 것이 아닙니다."

그런데 그 인생의 마지막 장면에 아내는 등장하지 않는다.

"아내는 아내의 길을 택하겠지요. 둘이 함께 인생의 막을 내리고 싶지는 않습니다."

그는 얼마 전에 한적한 시골 마을에 토지를 구입해 두었다. 지금 하고 있는 일은 전화로도 충분히 할 수 있는 일이다. 그는 풍요로운 자연의 품에 안겨 밭을 일구면서 사업은 전화를 이용하여 진행할 생각이다. 그것은 오래 전부터 계획했던 생활이다. 그는 아내가 자신을 따를 것이라고 확신하고 있다.

29년간 자기 생각만 주장해 온 남편

아내가 가고 싶어 하는 곳에 단 한 번도 가지 않았다

아키코 씨는 24세 때 친척의 소개로 만난 지금의 남편과 결혼했다. 남편은 여덟 살 연상으로, 결혼 생활을 시작한 지 29년째다. 자녀로는 27세와 24세 된 두 딸이 있다.

메이지(명치) 시대에 태어난 아버지와 다이쇼(대정) 시대에 태어난 어머니 사이에 태어난 아키코 씨는, 여성은 직업을 가지는 것보다 학교 졸업 후 신부 수업을 받아 맞선을 통해 결혼하는 것이 최고의 행복이라는 교육을 받고 자랐다. 그래서 결혼을 하고 별다른 불만이나 불평 없이 남편에게 봉사해 왔다. 아침에는 역까지 남편을 배웅했고, 저녁에는 남편 퇴근 시간에 맞춰 저녁식사와 목욕 준비를 해 놓고 기다렸다. 그런 일이 주부로서 당연히 해야 할 일이고, 아내는 남편에게 의지해서 살아가는 것이 가장 바람직하다고 생각해 왔다.

그러나 남편의 생각은 조금 다르다. 어쩌다 아키코 씨가 애교라도 부릴라치면 "바싹 달라붙지 마. 싫어." 하고 뿌리쳐 버리는 성격이다.

남편의 집안은 대대로 상업에 종사해 온 집안으로, 누가 누구를 돌봐주는 것이 아니라 가족 각자가 스스로 알아서 생활하는 공동생활 분위기였다. 자식으로서 부모에게 모든 것을 의지하는 것이 당연하다고 여기며 자라 온 아키코 씨와는 문화 차이가 매우 컸다.

결혼 초, 아키코 씨는 남편과 생각이 다르다는 것을 알고 큰 충격을 받았다. 마치 남편으로부터 버림받은 것 같았다. 남편은 '독립심이 강한 여성이 좋다'고 말하면서 항상 완고했고, 아내와는 한 마디 상의도 없이 모든 일을 자기 마음대로 처리했다.

아키코 씨는 골프를 즐기고 남편은 테니스를 좋아한다. 한번은 아키코 씨가 부부끼리 골프를 즐기는 친구들의 모습이 좋아 보여 남편에게 함께하자고 권했더니, "골프 따윈 관심 없어!" 하고 쌀쌀맞게 거절해 버렸다.

패밀리 레스토랑을 싫어하는 남편은 아무리 아이들이 졸라도 단 한 번도 데려가 준 적이 없다. 외식을 할 때도 철저하게 자기 중심이어서 아키코 씨는 29년이라는 긴 결혼 기간 동안 한 번도 자신이 가고 싶은 식당에서 외식을 해 본 적이 없다.

남편에게 봉사하는 것이 아내의 당연한 역할이라고 생각해 온 아키코 씨는 너무나 일방적인 남편의 사고방식에 조금씩 회의를 품기 시작했다. 남편은 아이들이 어려서 혼자서 돌보기가 힘들었던 때에도 전혀 도와주지 않았다. 어쩌다 도움을 부탁하면, "애들이 학교에 들어가면 당신은 시간이 많이 나잖아."라는 대답만 돌아왔을 뿐이다. 그런 일이 반복되어도 스트레스를 풀 수 있는 방법이 없어서 속으로 '좀 도와주면 어디 덧나니?' 하고 원망한 적도 있다.

결국 이대로 집에만 있다가는 마음만 병들겠다고 생각한 아키코 씨는 둘째아이가 초등학교 고학년이 되자 일주일에 2~3일 정도 근무하면 되는 일자리를 얻었다. 태어나서 처음으로 사회생활을 해 본 아키코 씨는, '세상에 할 수 없는 일이란 없다. 나도 하면 된다'는 자신감을 얻게 되었고, 그 뒤로 시간제 일을 계속하고 있다. 그 전까지는 살림과 자녀 양육 외의 일은 자신의 영역 밖이어서 할 수 없을 거라고 지레 포기하고 살아왔던 것이 사실이다.

너무 간섭하지 말자

최근 들어 아키코 씨는 가계 경영을 남편에게 맡기고 매달 생활비는 자신이 벌어 해결하기로 했다.

남편은 아내가 집안을 꾸려가는 데 대해 노골적으로 불만을 표시해 왔다. "당신의 태도가 맘에 들지 않아."

그 말에 아키코 씨는 "그러면 어디 한번 당신이 해 봐요." 하고 대꾸해 버렸다. 그것은 지금까지 아키코 씨가 남편에게 수없이 들어 왔던 말이었다. 자녀 교육비와 생활비가 모자란다고 하소연을 할라치면, 남편은 "그러면 어디 한번 당신이 알아서 해 봐." 하고 퉁명스럽게 통장을 건네주곤 했었다. 그랬던 것이 이번에는 입장이 바뀌어 버린 것이다.

이제 아이들도 다 성장하여 크게 돈 쓸 데도 없고 생활 자체가 편해졌으므로 남편은 아등바등하던 자신보다는 돈을 자유롭게 쓸 수 있을 것이다. 하지만 이제 아키코 씨는 아무래도 좋다. 불만을 터뜨리고 맞서 싸우고 싶지 않기 때문이다.

아키코 씨는 결혼 초부터 지금까지 29년 동안 남편이 자신을 억누르거나 무시했는지는 확실히 알 수 없다고 말한다.

"부부는 원래 남남이라서 대화가 충분하지 않으면 서로의 마음을 알 수 없을 거라 생각합니다. 심한 말을 해도 가족이기 때문에 받아줄 거라는 생각은 옳지 않아요. 그런데도 남편은 가족들이 모두 자신의 생각대로 된다고 여깁니다. 남편이 자기 주장만 고집할 때마다 '이봐요, 잠깐 기다려요!' 하고 외치고 싶어집니다."

어느 날 아키코 씨는 '더 이상 이렇게 살 수는 없다. 차라리 이혼해 버리자' 하고 마음먹은 적이 있다고 한다. 하지만 곧 '남편에게서 관심을 거둬들이면 마음 상할 일도 없겠지' 하고 마음을 고쳐먹었다고 한다. 아직 남편을 포기했는지 어떤지는 자신도 자신의 마음을 잘 모르겠단다.

미술 대학을 나온 남편은 정년퇴직 후에는 지방의 미술관에 취직하고 싶어 한다. 그러나 아키코 씨는 남편을 따라가고 싶지 않다. 그녀는 요코하마에서 태어나 자랐고, 결혼도 요코하마에서 했으며, 결혼 후에도 줄곧 요코하마에서 살아 왔다. 친구들이 많은 요코하마를 결코 떠나고 싶지 않다. 지금까지 입 밖에 내어 말하지는 않았지만, '정 가고 싶으면 혼자 가라'고 할 셈이다. 남편이 자신의 생각 따위는 무시하고 혼자서라도 갈 것이라는 것을 그녀는 이미 알고 있다.

결혼 당시에 반했다는 약점이 영향을 준다

아내에게 경제력이 있든 없든 상관없이 남편이 일방적으로 우위에 있는 부부가 있다. 일이나 취미에서나 항상 남편은 자신의 세계를 우선으로 생각하고, 아내의 생각이나 생활에는 그다지 관심을 보이지 않는다.

그러면 남편이 압도적으로 우위에 있는 부부 관계는 어떻게 성립되어 있을까?

여러 부부의 인터뷰를 분석해 보면, 결혼 당시의 역학 관계가 매우 큰 영향을 끼치고 있음을 알 수 있다. 특히 결혼하게 된 계기가 직접적인 관련이 있다. 대부분의 경우, 당시 결혼 적령기였던 아내가 적극적이었던 반면에 남편은 '결혼할 마음이 없었다'는 발언이 압도적이다. 남편들은 그 점을 늘 마음에 두고 있다.

이런 유형의 부부는 아내가 남편을 더 좋아했기에 응석받이로 만든 것이다. 아내는 남편을 좋아하는 만큼 남편의 관심과 사랑을 많이 받고 싶은데, 사회생활을 하는 남편의 관심은 밖으로만 향해 있다. 아내는 그런 남편의 생활방식을 인정해 주고 동경하는 방식을 통해 언젠가는 남편이 자신의 마음을 알아주기를 바란다. 아내의 만족은 남편의 인정에 달려 있는 것이다.

아내가 남편에게 최선을 다하고, 그래서 더 사랑받고 싶어 하며, 최선을 다한 것만으로 보상받고 싶어 하는 마음은 매우 자연스런 감정이다. 그런 아내를 가까이하지 않고 자신만의 세계에 빠져드는 남편에게 불안감이 생기거나 불만을 품게 되는 것도 무리가 아니다.

〈유형 2〉의 가나이 씨의 경우를 보자. 가나이 씨는, "아내의 즐거움은 부부가 함께 드라이브를 하는 일이고, 아내는 내가 운전하는 차의 조수석에서 잠을 잘 때 행복한 것 같습니다."라고 말하지만 그것은 아내의 진심을 모르는 남편의 일방적인 생각에 불과한 것일 수도 있다.

〈유형 3〉의 아키코 씨가 결혼 당시엔 남편과 늘 가까이 있고 싶어 했지만 지금은 오히려 남편과 거리를 두게 되고, '남편보다 친구들과 함께 있는 것이 즐겁다'라고 단호하게 말하는 것처럼.

아내에 대한 낮은 관심

남편이 일방적으로 우위에 있는 부부라도 남편이 아내를 배려하고 애정을 가지고 있다면 어느 정도의 균형은 잡을 수 있다.

남편이 항상 자신보다 한 단계 위에 있기를 바라고, 남편에게서 보호받기를 원하는 아내라면 오히려 조금 강인한 남성이 이상적인 남편감일지도 모르겠다. 그러나 이런 유형의 남편은 자신의 일이나 취미에 비해 아내에 대한 관심이 현저하게 낮은 것이 특징이다.

'아내는 내 취미를 이해하지 못한다', '아내는 무엇인가를 함께하고 싶어 하지만 언제 어떤 응석을 부릴지 몰라 염려된다'고 말하는 남편들이 많다.

그들은 아내와 둘만의 즐거운 세계를 만들어 가고 싶은 마음 따위는 가지고 있지 않으며, 본질적으로는 '혼자만의 시간이 좋다'고 생각한다. '아내가 내 취미를 이해하지 못한다'고 말하지만 실은 아내를 자신의 영역으로 끌어들이고 싶지 않은 것이다. 그런데 아이러니하게도 자녀와는 취미를 공유하고 함께 즐기며, 아버지로서는 꽤 합격점을 받을 만하다.

음악회와 여행을 즐기는 〈유형 1〉의 오오하라 씨는 아내와 함께하는 것은 싫어하면서 자녀와 함께 음악회나 여행을 가는 일은 즐거워한다. 자신의 취미를 일방적으로 밀어붙이는 〈유형 3〉의 아키코 씨 남편도 가족과 함께 나들이를 할 때는 자녀의 말을 들어 주는 경우가 많다고 한다.

아이들에게는 사소한 생활 습관이나 성적 때문에 항상 잔소리를 하는 엄마보다는, 가끔씩 재미있는 곳에 데려가고 넓은 세상을 구경시켜 주는 아버지가 더 좋다. 하지만 매일 집안일에 몸과 마음이 고단한 아내의 입장에서 보면, 즐거운 것만 골라 아이들과 함께하는 아빠는 팔자 편하고 가벼우며 '약삭빠른' 존재에 지나지 않는다.

남편, 이혼에 대한 위기감은 낮고 가능성은 높다

이런 유형의 부부를 보면, 대부분의 남편이 황혼 이혼에 대한 위기감이 낮은 것이 특징이다. 아내와 균형도 맞지 않고, 대화도 거의 없는데도 '부부 관계는 대체적으로 좋다'고 착각하고 있다. 부부의 접점이 지나치게 적다는 점을 자각하고 있으면서도 굳이 접점을 만들려고 노력하지도 않는다.

만일 아내와 가족에 대한 남편(아버지)의 역할이 '경제적인 것' 뿐이라면, 그 기능이 상실되는 정년퇴직을 계기로 아내가 이혼을 요구할 가능성이 없다고 단언할 수 있을까?

그런데도 〈유형 2〉의 가나이 씨는, "헤어질 가능성은 없습니다. 만일 있다면 내게 다른 여자가 생겼을 때뿐입니다."라고 단언한다.

"아내와 단 둘만의 생활을 생각하면 소름이 끼칩니다."라고 말하는 오오하라 씨도 별거나 이혼은 생각할 수 없다고 말한다.

아키코 씨가 '남편에게 더 이상 관심을 두지 않겠다'고 결정한 것처럼, 적당한 거리를 유지함으로써 평온한 관계를 유지하는 것이 가능할지

베이비붐 세대 부부들이 정년퇴직 후 희망하는 삶의 방법

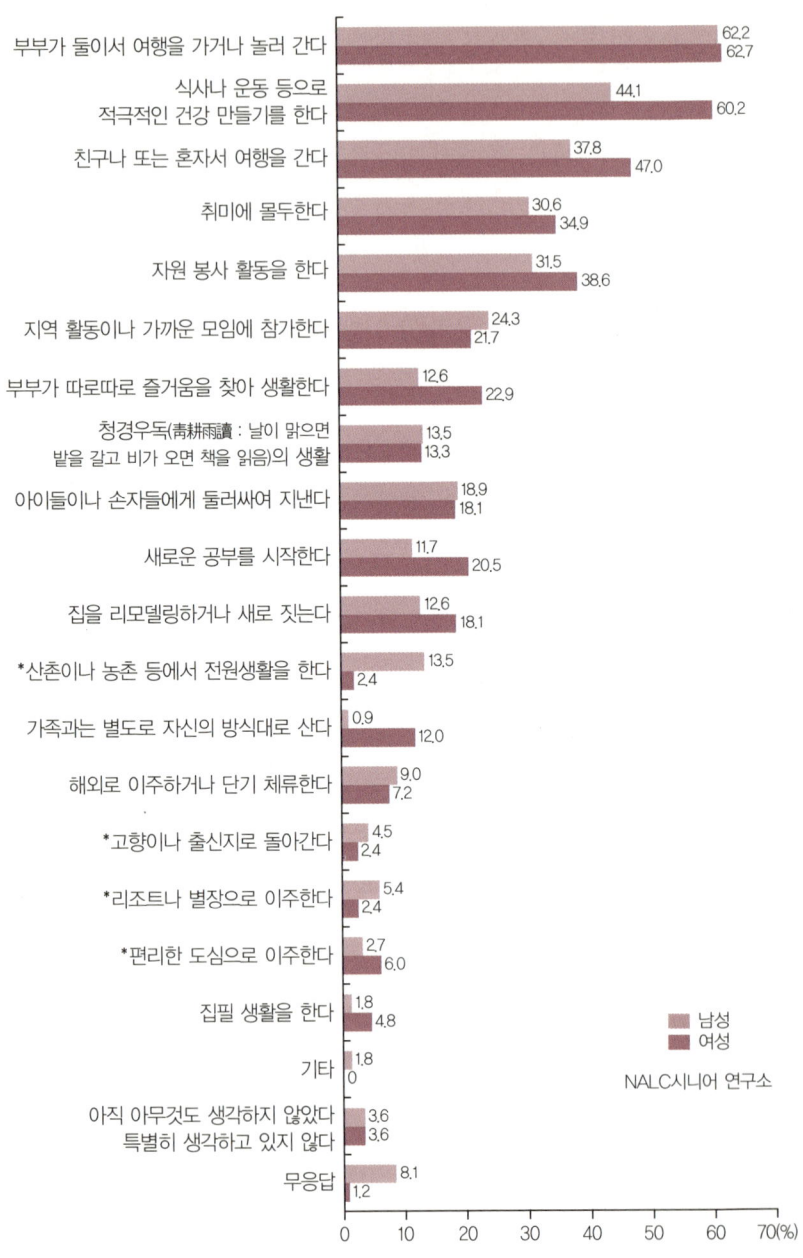

항목	남성	여성
부부가 둘이서 여행을 가거나 놀러 간다	62.2	62.7
식사나 운동 등으로 적극적인 건강 만들기를 한다	44.1	60.2
친구나 또는 혼자서 여행을 간다	37.8	47.0
취미에 몰두한다	30.6	34.9
자원 봉사 활동을 한다	31.5	38.6
지역 활동이나 가까운 모임에 참가한다	24.3	21.7
부부가 따로따로 즐거움을 찾아 생활한다	12.6	22.9
청경우독(靑耕雨讀 : 날이 맑으면 밭을 갈고 비가 오면 책을 읽음)의 생활	13.5	13.3
아이들이나 손자들에게 둘러싸여 지낸다	18.9	18.1
새로운 공부를 시작한다	11.7	20.5
집을 리모델링하거나 새로 짓는다	12.6	18.1
*산촌이나 농촌 등에서 전원생활을 한다	13.5	2.4
가족과는 별도로 자신의 방식대로 산다	0.9	12.0
해외로 이주하거나 단기 체류한다	9.0	7.2
*고향이나 출신지로 돌아간다	4.5	2.4
*리조트나 별장으로 이주한다	5.4	2.4
*편리한 도심으로 이주한다	2.7	6.0
집필 생활을 한다	1.8	4.8
기타	1.8	0
아직 아무것도 생각하지 않았다 특별히 생각하고 있지 않다	3.6	3.6
무응답	8.1	1.2

■ 남성
■ 여성

NALC시니어 연구소

도 모른다. 서로 엇갈림으로써 유지되는 균형도 있을 수 있다. 정년퇴직 후 전원생활을 시작할 때 아내가 반드시 따라올 것이라고 확신하는 〈유형 2〉의 가나이 씨와, 지방행을 희망하고 있는 남편을 절대로 따라가지 않을 것이라고 생각하는 〈유형 3〉의 아키코 씨를 보더라도…….

앙케트 결과, 정년퇴직 후 남성들은 전원생활을 지향하는 데 비해 여성들은 도시생활을 고수하거나, 현재 살고 있는 곳에서 떠나고 싶지 않아 한다는 점이 더욱 확실하게 나타났다(왼쪽 표의 *표시 참조). 이제 정년퇴직으로 회사에 출근하지 않게 된 남성은 어디에서 살아도 상관이 없다. 하지만 교우 관계나 공동체 활동 등에 생활의 기반을 두고 있는 여성들은 정년퇴직한 남편을 따라 거주지를 옮기는 것에 대해 당연하다고 생각하지 않는다.

근본적으로 지향하는 생활방식이 다른데 어떻게 하면 거리를 좁혀 가까이할 수 있을까? 아니면 정년퇴직을 기회로 생활 공간을 따로따로 가지는 것이 나은가? 대화도 나누지 않고, 서로의 의견을 확인하지도 않고 일방적으로 생각하고 있다면 현실에 부닥뜨렸을 때 그 엄청난 차이에 놀라게 될 것이다.

원맨형 부부의 경우를 보자.

이 유형의 남편은 '나는 홀로 나의 길을 꿋꿋이 가겠다' 라는 식의 자기도취에 빠지는 독단적인 면이 있다. 그것이 아내에게 매력으로 비친다면 그 자체로 좋은 부부 관계를 유지할 수 있다. 하지만 아내가 남편에 대해 흥미를 잃었거나, 남편 말고 의지할 수 있는 대상을 발견했을 때, 또는 자립에 눈을 떴을 때는 균형이 무너져 파탄에 이를 가능성이 높아진다. 그렇게 되었을 때 아내에게 늘 자신만만했던 남편들의 정신적인 충격은 상상하기조차 쉽지 않을 것이다. 그런 남편들은 실생활 면에서 자립도가 낮기 때문에 실질적으로 생활상의 아픔까지 동반하게 된다. 아내를 너무 약올리면 혹독한 보복을 받게 될 듯하다.

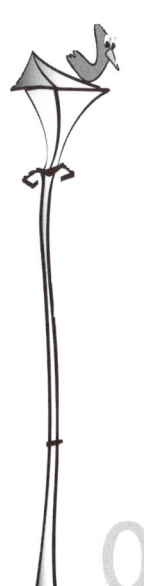

02

무 관 심 의   균 형
분 리 형   부 부

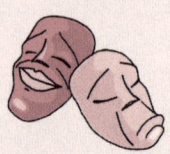

'분리형 부부'는 남편이나 아내나 서로를 독립적인 존재로 인정하고
간섭을 지나치게 하지 않는 관계다.
육아나 자녀 교육 등의 공통 목표가 있으면 가족으로서의 관계는 깊어지지만,
기본적으로는 상대의 영역에 간섭하지 않고,
부부 각자가 자신의 생활과 취미를 유지하며 충실하게 살아간다.
개인 생활에 지나치게 충실하여
부부이면서도 서로에게 영향을 미치지 않는 관계라고 할 수 있다.

무관심의 균형
분리형 부부

유형 1 서로가 불편을 느끼지 않는 선에서 지속되는 관계

혼자서 살아가는 것 같은 두 사람

유명 식품 회사의 부설 연구소에 근무하는 사와다 씨는 현재 57세이다. 대학원에 다닐 무렵 2학년 아래인 지금의 아내를 만나 동거를 시작했고, 그러던 중 아이가 생겨 호적에 올리게 되었다.

지금은 '혼전임신'이 그리 보기 드문 일이 아니지만, 당시 사와다 씨의 부모님은 '이런 자식은 기른 적이 없다'고 한탄했고, 아내의 부모는 '반드시 결혼해야 한다'고 주장하여 한바탕 소동이 일어났었다. 사실 그때까지만 해도 사와다 씨와 아내는 세상 사람들이 다 하는 일반적인 결혼, 즉 형식적인 결혼은 하지 않겠다는 신념을 가지고 있었다.

사와다 씨는 결혼에 대해 다음과 같이 정의한다.

"결혼은 연애 관계가 끝나고 생활을 유지하기 위한 장치이며, 아이들이라는 존재는 부모에게 사랑하는 사람이 새로 생길 때마다 가족 생활이 변화거나 파괴되는 것을 막아 주는 장치입니다."

실제로 사와다 씨는 아내가 아닌 다른 여성을 좋아했던 경험이 있다. 그는 아내에게도 자신 말고 다른 연인이 있었을지 모른다고 생각하지만, 그렇다고 해서 아내와 이혼하고 싶은 마음은 전혀 없다. 결국 서로가 불편함을 느끼지 않는 한 동거 상태가 끝까지 계속될 것이라고 생각하고 있다.

원래부터 사와다 씨에겐, 부부생활을 통해 자신의 행복을 추구하려는 생각이 없었다. 예를 들어, 아침 일찍 혼자서 산책하다가 아름다운 아침노을을 발견했을 때 상쾌하고 기분이 좋아지면서 '살아 있어서 행복하구나' 하는 행복감에 젖어들긴 하지만 그 감정을 아내와 공유하고 싶지는 않다.

물론 결혼 당시부터 부부 사이가 그렇게 냉랭했던 것은 아니었다. 호적에 올렸을 당시 대학원생이었던 사와다 씨는 교사로 근무하는 아내보다 시간이 많았기에 자녀를 돌보는 경우가 많았다.

더욱이, 부부가 서로 협력해서 한 가정을 이루어 간다는 의식도 있었다. 아이들을 기르면서는 아내에 대해서도 여성으로서의 매력도 느꼈다. 그러나 언제부터인가 점점 동거인이라는 감정이 들기 시작했고, 지금은 서로가 '혼자서 살아가는 아저씨와 아주머니가 가끔씩 함께 있는 것 같다' 고 느끼고 있다. 실제로 그들은 서로를 '아저씨' 와 '아주머니'

라고 부른다.

"지금은 정말로 혼자서 살아가는 것 같다. 서로 엇갈리는 날이 많지만 쓸쓸하다고는 생각하지 않으며, 이런 사람과 함께 사는 것이 싫다고도 생각하지 않는다. 그냥 익숙해져 있다."

외도가 원인

아내를 단순히 '동거인'이라고 여기게 된 데는 다른 여성을 좋아한 것이 원인으로 작용했다. 그때 아내는 한 마디도 하지 않았지만 어떤 직감을 가지고 있었던 것 같다. 부부 중 어느 한쪽이 배우자가 아닌 다른 누군가를 좋아한다는 것은 참을 수 없이 쓸쓸한 일이지만, 그렇다고 이혼까지 생각하지는 않는다. 그동안 함께 쌓아 온 추억과 세월을 지워 버리고 헤어지기가 쉽지 않기 때문이다.

사와다 씨는 누군가가 자신에게 기대는 것을 부담스러워하는 성격이다. 아내와 결혼한 것도 남에게 얽매이거나 의지하지 않는 시원시원하고 확실한 성격이 마음에 들어서였다고 한다.

아내는 남편의 성격을 알고 있었기 때문에 남편에게 꼬치꼬치 캐묻지 않고 바람기를 묵인했다. 그러나 아내의 속마음이 과연 평온했을까? 사와다 씨는, 자신이 그림 동호회에서 만난 여성과 마음을 트고 깊은 교류를 나누는 것을 보고 아내가 꽤 쓸쓸했을 것이라고 말한다.

"인물화를 그려도 나는 가족을 그리지 않습니다. 여행도 혼자서 갑니다. 처음 혼인 신고를 했을 때는 아내와 함께 여행을 하기도 했지만 지금은 같이 여행하는 일은 없습니다."

사와다 씨는 부부 관계는 물론 자녀와의 관계도 매우 담백하다. 자녀에게 기대하는 것도, 바라는 것도 없다. '양식이 있는 시민이라면 자기 몫은 하고 살 것'이라고 담백하게 말한다.

결혼하자마자 아이들이 태어나고 육아에 익숙하지 않아 불안했던 아내는, 남편에게 '당신은 조금도 위로가 되지 못한다. 가장 힘들 때는 언제나 옆에 없었다'고 불평도 했다고 한다. 그러나 최근에는 그런 말을 전혀 하지 않는다. 남편에게 불만을 털어놓거나 기대려고 해도 결코 받아주지 않는다는 것을, 오랜 경험을 통해 이미, 너무나 잘 알고 있기 때문이다.

부모는 연결고리

사와다 씨 부부에게 서로에 대한 기대와 신비감이 사라지기 시작한 것은 '육아 또는 자녀'라는 공동 작업이 없어진 때와 시기를 같이한다. 아이들을 돌보는 시간이 줄어듦에 따라 '어떤 목표를 향해 함께 살아간다'는 마음 또한 약해진 것이다.

그런데 최근, 그들에게 새로운 공통 목표가 생기기 시작했다. 그것은 사와다 씨의 연로한 부모를 보살피는 일이다. 아직까지는 부모님이 건강하지만, 좀 더 시간이 지나면 부모 가까이에 살면서 돌봐드리자는 데 의견을 같이했다. 아내도 시부모를 돌보는 데 대해 불평이 없다. 사와다 씨는, 부모님 간호라는 공통 목표를 발견했기 때문에 부부 관계가 잘 유지될 것 같다고 말한다. 이제는 '자식이 연결고리'가 아니라 '부모가 연결고리'가 되는 것이다.

서로 다른 인생을 선택할 용기가 없다

아내에게 섭섭한 것

무로이 씨는 59세의 공무원이다. 28세 때 두 살 아래의 아내와 결혼한 지 어느덧 31년이 되었다. 20대 후반이 되었을 때, 그는 슬슬 결혼하려는 마음을 먹고 주위에 있는 여성 중에서 최고는 아니지만 비교적 괜찮은 사람을 선택했다. '반드시 이 사람이어야만 해'가 아니라, '이 정도면 괜찮아' 하는 마음으로 결혼식을 올렸다.

그런데 한 가지, 계산에 착오가 생겼다. 무로이 씨는 장남이었고, 여동생이 있었다. 어머니는 남편을 먼저 보내고 혼자서 자식들을 뒷바라지한 것이다.

장남으로서 어머니를 모시는 것은 당연한 의무였다. 아내가 될 사람에게도 자신이 처한 현실을 여러 번 넌지시 이야기했다.

그런데 막상 결혼하려고 하자 아내는 '시어머니와는 절대로 함께 살 수 없다'고 했고, 어머니 또한 며느리와 같이 사는 것을 거부했다. 뾰족한 해결책이 없어 분가 결정을 내린 지 31년, 아직도 아내와 어머니와의 관계는 별다른 진전 없이 평행선을 달리고 있다. 지금은 여동생 부부가 어머니를 모시고 살고 있고, 무로이 씨는 장남으로서의 역할은 조금도 하지 못했다.

아내는 무로이 씨가 가장 중요하게 여기는 조건을 충족시켜 주지 못했다. 결혼해서 한동안은 그 일로 많이 옥신각신했지만 지금은 완전히 포기한 상태다.

너는 나를 속였어!

아내에 대해서는 마음에 걸리는 부분이 한 가지 더 있다. 아내는 결혼 전에 몸이 약해서 산부인과 전문의에게서 아이를 낳을 수 없을지도 모른다는 진단을 받았다고 한다. 하지만 무로이 씨에게는 그러한 사실을 알리지 않고 결혼을 했다.

무로이 씨는 결혼을 하고 나서야 아내가 병원에 다니고 있다는 사실을 알았다.

"어째서 그 사실을 말하지 않았지?"

"그 사실을 말하면 결혼할 수 없을 것 같았어요. 사실을 숨긴 건 미안해요. 하지만 점점 좋아지고 있어요."

다행히 아이가 태어났다. 무로이 씨는 아내의 건강을 생각해서 둘째는 낳지 않기로 했다. 그런데 자식 하나로도 충분히 만족하면서도 부부싸움을 할 때면 그 일을 들추게 되고 만다.

"당신은 그때 나를 속였어!"

무로이 씨는 취미가 다양하다. 학창시절부터 다도(茶道)를 즐겼으며, 지금도 주말을 이용해 이웃 주부들에게 가르쳐 주고 있다. 텃밭의 채소도 열심히 가꾸고 있다. 하지만 아내와 함께 취미 활동을 하지는 않는다.

사실 그는 젊었을 때 아내와 함께 바둑 교실에 다닌 적이 있다. '아내가 과연 바둑을 배울 수 있을까?' 하고 염려했지만 예상 외로 아내는 실력이 쑥쑥 늘어 승급까지 했다. 반면에 본인은 좀처럼 진도가 나가지 않았다. 언젠가 아내와의 대국에서 비참하게 패한 뒤 마음의 상처를 입고 그만두고 말았다. 그 일 이후로 무로이 씨는 아내와 함께 취미생활을 하지 않겠다고 맹세했고, 서로의 취미에도 간섭하지 않기로 결심했다. 그 뒤로 아내는 양재(洋裁)나 뜨개질 등을 즐기고, 남편은 영어회화나 다도, 향도(香道)를 배우러 다닌다.

아마 아내도 나가지 않을 거야!

아이가 태어났지만 무로이 씨의 생활은 특별히 변하지 않았다. 자녀의 일에 간섭하지 않았기 때문이다. 자녀는 한 명뿐이었지만 특별히 교육에 신경을 써서 사립학교에 보내고 싶은 마음도 없었고, 좋은 학교나 좋은 직장에 취직하는 것이 아이의 행복이라고 생각하지도 않았다.

원래 인간은 태어나는 순간부터 혼자다. 무로이 씨는 아이가 혼자 사는 법을 배워야 한다고 생각한다. 부모로서 물질적인 도움은 어느 정도 주겠지만 하고 싶어 하는 일을 하는 것이 가장 좋다고 생각해 왔다. 그러한 철학을 가지고 있기에 자녀 교육에 대해 부부가 진지하게 의논할 일은 거의 없었다. 부부의 대화는 아침 출근 시의 배웅 인사와, 저녁을 먹고 귀가하는지 아닌지를 확인하는 정도였다.

이들 부부는 지금도 꼭 필요한 말이 아니면 거의 대화를 하지 않는다. 가족이 함께 해외로 여행을 다녀온 경험이 있어서 텔레비전에 그 장소가 나올 때 '우리, 저기에 가 봤지' 하는 것이 유일한 공동의 대화다.

"우리 저곳에 갔었지."

"응."

10초 만에 대화가 단절되고 만다.

어쩌다 남편이 휴일에 아무것도 하지 않고 하루 종일 집에 있으면, 아내는 "당신 또 쓸데없는 잔소리만 하려고 그러지?" 하면서 귀찮아한다.

무로이 씨는 아내와 단 둘이 있을 때면 아내에게 이것저것 주문을 한다. 그럴 때마다 아내는 '당신은 아무것도 하지 않으면서 트집을 잡는다'고 불만을 털어놓는다.

무로이 씨도 자신이 잔소리가 심하다는 것을 알고 있다. 또 아내가 어떤 일을 해 주어도 고맙다고 표현하는 적이 없다. 아내는 그런 남편에게 '고맙다'는 말이라도 하라고 요구하고, 사소한 언쟁이라도 생기면 남편은 늘 큰소리를 쳐서 아내를 제압해 버린다. 무로이 씨는 궁지에 몰릴 때 고함을 지르는 것이 나쁜 버릇이라는 것을 잘 알지만 쉽게 고쳐지지는 않는다.

남편의 억지에 지친 아내가 "이제 당신과는 더 이상 함께 살고 싶지 않아요." 하고 말을 꺼내면, 남편은 "언제든 나가고 싶으면 나가. 여자는 얼마든지 있으니까!" 하고 매몰차게 대꾸해 버린다. 결국 부부는 서로 옥신각신하면서 폭언을 퍼붓게 된다. 그러면서도 그들은 서로 다른 인생을 선택할 용기가 없다. 지금까지 30년 이상을 함께 살아왔기 때문이다. 자신도 모르는 사이에 충동적으로 '당신과 헤어지고 싶어' 하면서도 벌써 누가 먼저 세상을 떠나게 될까를 생각하는 나이가 되어 버렸다. 둘이어서 행복했다고 할 만한 기억도 없지만, 부부라는 관계를 파괴할 만큼 불행했던 것도 아닌 것 같다.

"썩 마음에 들지는 않지만 헤어질 만큼 싫은 것도 아닙니다."

아마 아내도 무작정 집을 나가지는 않을 것이라고 무로이 씨는 근거 없이 확신하고 있다.

그래도 자식과 가정만은 지키고 싶다
유형 3

집안일을 전혀 하지 않는 아내

기쿠가와 씨는 컴퓨터 관련 기업에서 마케팅을 담당하고 있는 48세의 샐러리맨이다. 결혼하기 전까지만 해도 여름에는 축구, 겨울에는 스키를 즐기는 만능 스포츠맨이었다. 그러나 지금은 회사 업무가 바빠서 스포츠를 즐길 여유가 없다. 결혼한 지 14년, 자녀는 두 명이다. 아내는 남편과 같은 회사에 근무하고 있다.

기쿠가와 씨는 학교 졸업 후 증권회사에서 10년을 일한 뒤 지금의 회사로 옮겼다. 아내도 지금의 회사에서 만났다.

'별로 마음에 들지 않는 사람이야'가 서로에게 느낀 첫인상이었다. 딱히 마음에 들지 않는 구석을 찾을 수는 없었지만 첫 만남부터 감정이 별로 좋지 않았다. 그런데 매일 늦게까지 남아서 밀린 업무를 처리하다 보니 정이 들었던 것 같다. 큰 이끌림이 없었는데도 친구 같은 감정으로 결혼에까지 이르렀다. 결국 결혼 후에도 매일같이 싸움이 이어졌다. 상대방에게 하고 싶은 말을 마구 퍼부어 대다가, 마지막에는 "도대체 내가 왜 이런 인간하고 결혼했는지 모르겠어!" 하는 악담으로 끝을 맺곤 했다.

결혼에 대한 기쿠가와 씨의 기대는 여지없이 무너졌다. 결혼하면 아내가 밥도 차려 주고 목욕물도 준비해 줄 것이라 기대를 했고, 여러 가지 면에서 따뜻한 가정이 될 것이라는 기대감이 컸다. 그런데 아내는 집안일을 매우 싫어했다. 가끔 밥은 차려 주었지만, 청소와 빨래, 설거지

등 모든 집안일은 기쿠가와 씨의 몫이 되고 말았다. 아내는 정말 아무 일도 하지 않았다. 남편이 집안일을 하지 않으면 빨랫감이며 설거지, 먼지가 집안 구석구석 쌓여 갔다.

아이가 생기면 아내도 변할 거라고 기대했지만 남편의 희망은 여지없이 무너졌다. 아이가 태어난 뒤로는 오히려 육아에 대한 어려움까지 겹쳐 집안은 더 엉망이 되어 버렸다. 밀린 회사일을 마무리하고 한밤중에 귀가하여 아이를 목욕시키고, 산더미처럼 쌓인 세탁물을 정리하고, 방을 치우는 날이 계속되었다.

지금도 기쿠가와 씨가 빨래를 개지 않으면 거두어들인 세탁물이 며칠이고 방 안에 널려져 있다. 옷장은 텅 비어 있고, 기쿠가와 씨와 아이는 산더미처럼 쌓인 빨래 속에서 옷을 찾아 입곤 한다.

아이만은 지키고 싶다

그런 상황에서 어떻게 부부 관계가 지속될 수 있을까? 역시 자녀라는 존재 때문이다.

기쿠가와 씨는 요즘 출장이 잦아 집을 비우는 일이 많다. 숙소에 묵고 있노라면 아이가 전화를 걸어온다. 낯선 지방에 혼자 머물고 있는 중에도 아이의 목소리를 들으면 어떻게 해서든지 아이만은 지켜야겠다는 생각이 든다고 한다.

아이들은 엄마 아빠의 관계에 민감한 반응을 보인다. 부부싸움을 하면 그 낌새를 눈치 채고 열 살짜리 큰아이가 중재에 나선다. 그런 아이들의 모습이 안쓰러워 다시는 아내와 말다툼을 하지 않겠다고 결심하고는 치솟는 화를 꾹 누른다고 한다.

무심히 내뱉은 말이 싸움으로 번질까 봐 참는 경우도 많다. 집에서 가족과 함께 소소하게 누릴 수 있는 즐거움을 포기한 지는 이미 오래되었다. 아내도 요즘엔 남편이 월급만 가져다 주면 된다고 생각하고 있는 듯하다. 서로의 일이 바빠서 시간이 부족한 탓도 있지만 부부의 대화는 완전히 끊어졌다.

기쿠가와 씨는 아이가 성장할 때까지 가정을 지키겠다고 결심하고 있다. 하지만 회사를 생각하면 마음이 편치만은 않다. 지금의 회사로 옮긴 이유는 전에 근무하던 증권회사가 부도났기 때문이었다. 직장을 옮긴 뒤로 수입이 크게 줄어든 데다, 지금의 회사 또한 결코 탄탄하다고 할 수는 없다. 전업주부가 된 아내는 남편이 이렇게 큰 불안감을 안고 일하고 있다는 사실을 전혀 이해하지 못한다.

"아내에게 주부로서의 역할에 대한 기대는 포기한 지 이미 오래입니다. 다만 아내도 사회생활을 해서 지금 돌아가는 경제 상황이 어떤지, 돈을 번다는 게 얼마나 고달픈 일인지 경험해 봤으면 좋겠습니다. 집안일은 전혀 하지 않으면서 월급만 받아 챙기려 들지 말고, 돈을 벌려면 어느 정도의 노력이 필요하며, 세상이 얼마나 살벌한지를 알았으면 합니다. 아내는 세상을 전혀 모릅니다."

기쿠가와 씨는 아이들이 성장해서 제 몫을 다하는 날이 오면 부부 관계도 전환점을 맞을 것이라고 생각한다. 그때가 되면 싸움만 일삼아 온 두 사람이 가정을 유지해 온 지난날을 소중히 여기며 가까워지는 변화가 일어나게 될지도 모른다.

단지 동거인일 뿐

　부부가 각자의 일이나 취미를 통해 자신의 세계를 추구하며 정신적으로 독립해 있는 것이 과연 바람직할까? 그런 유형의 부부에게는 친밀감이 결여되어 있다. 함께 지내는 시간 속에서 일상적인 즐거움이나 편안함을 느끼는 일도 없으며, 부부라기보다는 동거인 정도에 지나지 않는다. 부부 관계를 유지해 주는 중요한 요소는 '익숙함'. 일부러 서로를 미워하지도 않고, 그렇다고 사이가 썩 좋지도 않다. 오랜 세월을 한지붕 밑에서 함께 살아온 정이 있어 별 문제 없이 살아간다.

　〈유형 1〉 사와다 씨의 부부는 함께 일하고 함께 자녀를 키우며 가정을 경영해 왔다. 공통의 관심사가 부부간의 신뢰 관계를 구축하는 원인이 되었고, 자녀 양육이라는 공동의 목적이 없어짐과 동시에 부부 관계도 차가워졌다.

　〈유형 2〉 무로이 씨의 부부는 '경제는 남편, 집안일은 아내' 라는 역할 분담이 명확하고, 경제와 집안일을 서로 의존하고 있다. 하지만 상대의 역할에 대해서 고마워하는 마음은 별로 가지고 있지 않다.

　〈유형 3〉 기쿠가와 씨의 경우도 마찬가지다. 결혼했을 때부터 최고의 상대는 아니었다는 마음이 있었으며, 세월이 지나도 빈약했던 연애 감정을 보충할 만한 동기를 찾지 못했다. 함께 가정을 이루어 가는 과정 속에서 협력하는 부분이 지나치게 적었던 것이 문제의 원인이다. 자녀를 양육하는 데 있어서도 공동의 성취감이나 공동체적 의식이 너무 부족했고, 서로의 존재가 도움이 된다는 것도 느끼지 못했다.

헤어지지 않는 이유

사와다 씨는, "아내가 아닌 여성을 좋아했던 적이 있고, 아내도 내가 아닌 다른 사람을 좋아했을지도 모릅니다."라고 말하면서도 굳이 에너지를 낭비해 가며 이혼할 정도는 아니기 때문에 동거 상태의 결혼 생활을 계속하고 있다. 혼자라서 쓸쓸하다고 생각하지도 않으며, 함께 있는 것을 싫어하지도 않는다. 단지 이혼할 만큼 결정적인 요소가 없는 이유만으로 부부 관계는 방치되어 있다.

그런 소극적인 이유로 부부 관계를 이어 가고 있는 사와다 씨 부부를 객관적으로 보면, 남편과 아내가 분리되어 있는, 상당히 쓸쓸한 관계라고 할 수 있다. 그러나 부부가 서로 단순하게 각자의 세계를 즐기는 쿨(cool)한 관계를 기분 좋게 느낀다면 부부의 균형은 갖추어져 있다고 말할 수 있다. 서로가 거리감을 가짐으로써 불편 없는 관계를 지속해 나갈 수 있는 부부도 있기 때문이다.

무로이 씨도 부부가 각각의 취미를 즐기고 서로 간섭하지 않기로 한 점에서는 사와다 씨 경우와 비슷하다. 이들 부부는 취미는 물론 일에 대한 대화도 거의 나누지 않는다. 즐거움도 공유하지 않고, 고민을 함께 하지도 않는다. 서로가 마음의 문을 열고 마주보기보다는 거리를 두는 쪽을 선택한 것이다. 그런데 이들 부부는 공유하는 것이 없어도 헤어지지 않는다. 왜냐하면 헤어질 만한 결정적인 이유가 없기 때문이다. '헤어질 이유가 없다는 것'. 아이러니하게도 이것이 이들 부부가 진정으로 헤어지지 않는 이유이다.

무관심의 균형

이런 유형의 부부들의 경우, 부부가 함께 노력한다면 문제가 없다. 하지만 일방적으로 남편이나 아내 어느 한쪽이 상대방에게 다가가려고 하면 정신적인 균형이 무너질 가능성이 높다. 서로의 관심이나 무관심의 균형이 무너지면 함께 있음으로써 오히려 더 쓸쓸함을 느끼기 쉽다. 또한 '자녀 양육' 같은 구체적인 공동의 목표가 있을 때는 함께 살아가는 의미나 가정의 존재를 의식하지만, 그것이 없어지면 둘이 함께 있는 의미는 상실되고 만다.

사와다 씨 부부가 단지 동거인이 되어 버린 가장 큰 이유는 '자녀 양육'이라는 공동 책임이 없어졌기 때문이다. 그런데 최근 이들에게 공동 책임이 새로 생겨나기 시작했다. 바로 사와다 씨의 부모를 봉양하는 일이다. 그런데 사와다 씨가 간과한 것이 하나 있다. 아내에게 있어 시부모는 자식과는 달리 피 한 방울 섞이지 않은 존재다. 그 때문에 '책임'을 지겠다는 인식이 생기지 않을 위험성이 높다. 노부모를 봉양하다 보면 정신적으로나 육체적으로 부담이 커져서 지쳐 버릴지도 모른다. 결국 부부가 서로 협력해야 하는 상황이 되면 대화의 필요성이 발생하고, 다시 공동의 목표를 향해 동지 의식이 생길 가능성도 있다.

기쿠가와 씨는 상대방에 대한 불만이 많지만 그것을 적극적으로 해결하려는 자세를 보이지 않는다. 귀찮은 것인지, 포기한 것인지, 싸움으로 기분이 상할 때는 차라리 가만히 참는 편을 선택하는 듯하다. 결혼 직후부터 지금까지 계속된 그의 불만은 앞으로도 해결될 기미가 보이지 않다. 그럼에도 불구하고 부부 관계가 유지되고 있는 이유는 '자녀'이다. 자녀를 위해서 참고 있으며, 자녀가 자기 몫을 다 할 수 있는 사람으로 성장시키고자 하는 것이 부부 관계를 지탱해 주고 있는 이유다.

이들 부부는 앞으로는 어떻게 될까? 자녀가 둥지를 떠난 뒤에도 부부 관계가 유지될 수 있을까? 이 부부는 역할을 분담하고 담담하게 서로에게 간섭하지 않고 각자의 일에 충실하게 살아가는 '동거인' 같은 부부가 될 확률이 매우 높다.

부부 관계를 재점검하려면 에너지가 필요하다. '상대가 바뀌면 다른 인생이 있을지도 모른다'고 생각하는 것 또한 많은 에너지를 필요로 한다. 마음속 교류를 기대하지 않는 부부들은 얼마만큼의 세월을 인내해야 하는 것일까?

자신은 변하려고 하지 않는다

이상적인 부부의 포인트는, 남편과 아내가 자신들의 관계를 기분 좋게 느끼고 있는가, 그렇지 않은가 하는 데 있다. 어느 한쪽의 일방적인 우월감으로 성립되어 있는 관계는 매우 위험하다. 앞에서 소개한 '원맨형 부부'와 '분리형 부부' 모두 불균형이 느껴진다. 지금은 아슬아슬하게 유지되고 있는 균형도 작은 계기만 하나 생기면 무너져 버릴 가능성이 매우 높다.

자녀 양육에서 벗어나거나, 자녀가 성장하여 독립하게 되면서 발생하는 생활 방식의 변화, 또는 전직이나 정년퇴직 등에 따른 경제적인 변화도 부부에게 미치는 영향이 매우 크다고 할 수 있다. 그런 경우, 한쪽이 일방적으로 우월하다 보면 부부가 동시에 변화를 받아들이기 때문에 관계를 변화시키기가 쉽지 않다.

예를 들어, 제1장의 〈유형 1〉의 '원맨형 부부'를 보자. 정신적 · 경제적인 주도권은 남편에게 있고, 아내에 대한 남편의 관심은 상대적으로 낮다. 또한 아내는 남편의 세계에 관심을 갖지 않은 채 집안일만 잘하면 된다고 생각하고 있다. 이 부부의 경우, 아내가 남편의 일방적인 태도를 '강한 남성'의 상징으로 여겨 매력을 느낀다면 관계는 잘 유지될 것이다. 그러나 아내가 남편에 대해 흥미를 잃거나, 남편 외에 의존할 수 있는 상대를 발견하거나 또는 자립에 눈을 뜨게 될 경우 부부간의 균형은 무너지고 만다. 만약 남편이 샐러리맨이라면 경제적 기능이 상실된 정년에 이르러 아내가 이혼을 요구할 가능성도 배제할 수 없다.

그렇다면 '분리형 부부'는 어떨까? 그들은 부부의 형식을 유지하면서도 남남처럼 서로를 지나치게 간섭하지 않고 부부 각자가 일이나 취미 등 자신의 세계를 추구하며 정신적으로 자립해 있다. 자녀 양육이나 부모님 병구완 등 부부가 함께해야 할 목표가 있다면 관계는 유지되지만 공통 목표가 사라지면 단순한 '동거인'의 관계에 머물기 쉽다. 부부가 끝까지 서로 냉정함을 유지한다면 문제가 없지만, 어느 한쪽이 상대와의 관계를 변화시키고 싶어 하거나 정신적으로 깊은 친밀감을 원할 때도 역시 균형이 무너져 버리고 만다.

한쪽의 호의에 대해 응석받이인 '원맨형 부부'나, 두 사람 모두 평행

선인 '분리형 부부' 모두 남편과 아내가 서로 마주보지 않는다는 공통점이 있다.

배우자가 변화하기를 바라지만 잔소리로 오해하여 말다툼이 생길까봐 귀찮아서 아예 대화를 단절해 버리는 부부도 많다. 이들은 상대의 불만엔 전혀 아랑곳하지 않으며, 결코 자신은 변하려고 하지 않는다는 공통점이 있다.

부부간의 이심전심?

'이심전심(以心傳心)'이라는 말이 있다. 지금까지 우리는, 굳이 말하지 않아도 서로의 마음을 잘 아는 부부를 이상적인 부부로 여겨 왔다. 그러나 최근 들어, 아무리 사이좋은 부부라고 해도 자신의 생각을 배우자에게 확실히 말하지 않으면 서로에 대해 잘 알 수 없다는 점을 인식하기 시작했다.

남남인 두 사람이 함께 살기 위해서는 서로를 이해해야 하며, 그 과정에서 대화가 절대적으로 필요하다. 그런데 기성세대 부부들은 대화가 적고, 대화를 한다고 해도 서로의 가치관이나 생각, 고민 등 마음을 드러내는 의미 있는 대화는 거의 하지 않는 경우가 많다.

생활 여건이 변화하듯이 부부 각자의 사고방식이나 가치관도 참 많이 변화했다. 지레짐작하는 습관이 있어서 진지한 대화를 포기한다면 부부 사이의 관계 개선은 기대할 수가 없다.

03

부 부 의 '사 랑'을 의 식 하 는
서 구 의 여 러 나 라 들

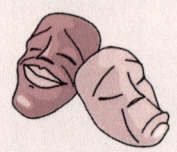

결혼에는 큰 책임감이 따른다.
해야 할 것이 늘어나기 때문이다. 좋은 관계를 유지하려면 남편과 아내 모두
노력을 게을리해서는 안 된다. 서로를 잘 알고 배워 가야 한다.

부부의 '사랑'을 의식하는
서구의 여러 나라들

일본 이상으로 급변하는 외국의 결혼 환경

혼인율(인구 1,000명당 혼인 건수)에 대한 지난 50년간의 통계를 보면 미국이 가장 높다. 2002년 통계에서도 혼인율이 7.8%에 달해 서구 여러 나라 중에서 가장 높았다. 혼인율이 가장 낮은 나라는 스웨덴으로, 2002년에 4.3%를 기록했다. 단, 스웨덴의 경우에는 법률에서 정해진 결혼과 거의 같은 권리를 갖고 사회적으로도 인정되고 있는 '삼보(sambo)'라는 사실혼을 선택하는 커플이 많기 때문에 혼인율과 이혼율은 상황을 고려할 필요가 있다. 한국도 비교적 높은 위치를 차지하여 2002년에 6.4%에 달했다.

한편 미국은 이혼율 또한 높아서 2002년에 인구 1,000명당 이혼 건수가 4.3%를 기록했다. 1980년에 50%라는 최고 수치를 기록한 뒤로 감소하긴 했지만 다른 서구 여러 나라에 비해서는 여전히 높은 편이다. 게다가 재혼율도 높아서 이혼한 사람의 75%가 재혼한 것으로 나타났다. 일본은 2002년 혼인율이 5.9%로 중간 정도이고, 이혼율은 2.25%로 프랑스를 제외한 독일이나 스웨덴과 비슷하다.

서구 여러 나라가 1970년대에 이혼율이 급증한 것에 비해, 일본은 1970년대부터 서서히 늘어나기 시작하여 1990년대에 들어서 급상승하고 있다.

한국은 일본보다 이혼율이 급증했는데, 최근 들어 더욱 급증하는 추세다. 1965년부터 1980년까지는 0.4%에서 0.15% 사이의 작은 변화를 반복할 뿐 이혼율이 극히 낮았지만 1990년대 후반이 되면서 1.19%, 2002년에는 3.05%로 일본과 영국을 제치고 OECD(경제협력개발기구) 국가 중에서는 미국에 이어 두 번째로 높은 이혼율을 기록하고 있다.

모든 선진국의 공통적인 가정환경의 변화

일본뿐만 아니라 세계 모든 나라에서 산업화 · 도시화와 더불어 여성의 사회 진출이 늘어나면서 사람들의 결혼관이나 부부관이 변화했으며, 사실혼이나 혼외자(결혼하지 않고 낳은 아이)의 증가 등 종래의 결혼관을 뒤엎는 상황이 발생하고 있다. 만혼 · 출산율 저하 · 이혼 증가 등이 선진 여러 나라의 공통적인 현상이다.

나라마다 사회 경제 상황이나 법규 혹은 문화나 역사적 배경이 다르

각국의 혼인율·이혼율(인구 1,000명당 건수)

나라	년차	혼인율	이혼율
일본	2003	5.9	2.25
한국	2002	6.4	3.05
미국	2002	7.8	4.33
영국	2002	5.1	2.58
이탈리아	2002	4.6	0.69
스웨덴	2002	4.3	2.39
독일	2001	4.8	2.40
프랑스	2001	4.7	1.90

일본 총무성통계국 〈세계의 통계 2006〉에서 발췌

고, 결혼관이나 부부관도 매우 다르다. 따라서 어느 나라의 부부 관계가 가장 좋다거나 어느 나라가 부부 관계의 개선을 위한 대화 노하우가 뛰어나다거나 하는 기준은 없다. 단, 보다 객관적인 정보를 얻기 위해 각국의 부부들을 인터뷰하여, 협조적이고 공평한 커플이라는 인식을 갖고 있는지, 두 사람이 가정생활을 잘 유지하려는 노력이 있는지, 의식적으로 부부 관계를 키워 나가려는 자세나 그것을 위한 구체적인 행동은 무엇인지를 물었다. 우선 결혼·이혼·재혼 등에 관해서 수치가 높은 미국은 어떤 부부 관계를 이루어 가는지를 살펴보기로 하자.

결혼에 대한 기대치가 높은 미국

2000년에 행해진 〈세계 가치관 조사〉(전통총연, 일본 리서치)에 의하면 '결혼은 시대에 뒤떨어진 제도다' 라는 말에 찬성이냐 반대냐를 묻는 질문에, '찬성' 하는 미국인은 불과 9.8%에 불과했다. 반면 '반대' 하는 사

'결혼은 시대에 뒤떨어진 제도다' 라는 말에 찬성하는가 반대하는가?

나라 이름	전체 인구	찬성(%)	반대(%)	모르겠다(%)	무응답(%)
일본	1,362	7.4	63.7	28.9	–
한국	1,200	15.6	84.3	0.1	–
중국	1,000	12.2	73.1	14.6	0.1
미국	1,200	9.8	88.8	1.4	–
영국	1,000	25.3	67.6	6.2	0.9
프랑스	1,615	32.9	61.7	4.1	1.3

람은 무려 88.8%에 이르렀다.

결혼 제도에 대한 찬성의 정도는 구미 여러 나라에서 최고의 위치를 차지했다(표 참조).

미국은 결혼 제도를 존중해야 한다고 생각하는 아시아의 여러 나라, 즉 중국이나 한국을 상회하고 있다. 덧붙여서 일본은 찬성이 7.4%로, 미국보다 약간 낮고 반대 또한 낮은 수치다. 다른 나라에서는 거의 응답하지 않는, '잘 모르겠다' 라는 애매한 답이 높은 것이 일본의 특징이다.

미국에서는 예나 지금이나 결혼은 매우 중요한 사항이고, 결혼이나 가족생활은 사회적으로 존중받고 있다.

여러 가지 비판적인 견해나 결혼을 대신하는 새로운 시도가 있다고는 하지만 아직도 결혼에 대해 큰 의미를 두는 현상은 계속되고 있다.

《마음의 습관 – 미국 개인주의의 방향》(로버트. N 벨라 著)

세계적 스캔들이 되었던 빌 클린턴 전 대통령의 불륜 사건 또한 미국이라는 환경이 아니었다면 과연 그 정도의 큰 문제로 발전할 수 있었을지 의문이다. 아내 외의 여성과 성적인 접촉이 있었는가 없었는가를 규명하는 것보다 위증이 더 중요한 관심사가 되었고, 탄핵 재판 때 자신의 의견을 이야기했던 낸시 F. 코트(여성사를 리드하는 역사학자)가 "결혼식 때 했던 맹세도 지키지 못하는 남자들의 맹세는 믿을 수 없다."고 한 말의 의미는 미국인들이 일부일처제의 혼인 관계를 얼마나 존중하고 있는가를 보여주고 있다. 최고 권력자라 해도 아내가 아닌 다른 여성과의 관계는 사회적으로 빈축을 사고, 정치적으로도 큰 영향을 미치고 있음을 알 수 있다.

프랑스의 고(故) 미테랑 대통령이 신문기자에게서 애인과의 사이에 딸이 있느냐는 질문을 받자 "그렇다. 그것이 어떻다는 것인가?"라고 대답하여 기자들도 더 이상 추궁하지 않고 끝내 버렸다는 일화와는 대조적이다.

미국인들은 사랑 그 자체가 결혼하는 이유가 되고, 그것을 사회적으로 인정받는 것이 결혼이라고 생각한다. 당사자들의 합의에 의한 일부일처제의 결혼과 결혼 후 사랑의 결합은 청교도 시절부터 이상적인 것으로 여겨져 왔다.

자본주의의 물결이 드높아지면서 전통적인 공동체가 무너지고 개인주의가 싹트면서 사랑을 우선시하는 결혼이 중시되기 시작했다. 이렇게 해서 사랑 자체가 결혼의 가장 큰 이유로 일반화되었고, 사랑이 사라짐과 동시에 결혼도 막을 내리는 것이 상식적인 일이 되었다. 경제적인 문제나 아이들보다도 부부의 사랑이 우선되는 분위기는 결혼의 붕괴를 부르는 원인이 되어 이혼율의 상승을 부추겼다. 이혼율만큼이나 높은 재혼율은 '사랑에 기초한 이상적인 결혼 생활'을 추구하기 위한 결과라고 할 수 있다.

공동 양육과 책임감이 재혼 생활의 성공 요소

유형 1

재혼 동지는 자녀 양육도 함께

빌 로스 씨는 13년 전인 41세 때 교회 친구의 소개로 만난 페리시티와 결혼했다. 당시 그녀는 네 살 연상인 45세였고, 둘 다 재혼이었다.

페리시티와 전남편 사이에는 세 명의 아들이 있었다. 그녀는 결혼을 일찍 한 탓에 재혼할 당시 큰아들은 26세였고 막내는 17세로 모두 집을 떠나 독립한 상황이었다.

빌과 전처 사이에도 자녀가 두 명 있었는데 재혼 당시 일곱 살과 여섯 살이었다. 아이들은 전처와 함께 살았지만 주말에는 빌의 집으로 놀러 왔다. 그때 아이들을 보살피는 일은 빌의 일이었지만 페리시티도 함께 돌보기로 해서 네 명이 함께 외출하는 일이 잦았다. 물론 아이들은 그녀가 아버지의 새로운 아내라는 것을 알고 있었다. 빌은 주말에만 만나는 아이들의 투정을 잘 받아주었지만 페리시티는 아버지로서 확실하게 예의범절을 가르치고 엄격하게 교육시키는 것이 좋겠다고 충고해 주었다. 페리시티는 세 아이를 교육시킨 경험이 풍부했기 때문에 빌의 교육이 어떤 결과를 가져올 것인지를 잘 알고 있었던 것이다. 가끔씩 빌에게

'더 이상 방관하면 문제가 생긴다. 내 아이들도 그랬다' 라고 조언을 해 주었기에 빌은 매우 고마워했고, 그녀의 충고는 언제나 옳았다.

이혼을 하고 재혼으로 이루어진 부부지만 두 사람 모두 아이들이 중요한 존재라는 사실을 충분히 이해하고 있었다. 아이들이 사춘기에 접어들어 불안정해졌을 때는 페리시티가 빌과 함께 좋은 상담자가 되어 주었다.

지금은 두 아이 모두 대학생이 되어 부모와 떨어져 있지만 주말이면 전화를 걸어온다. 물론 페리시티의 자녀들과도 만나곤 한다. 그녀의 자녀들은 멀리 있기 때문에 자주 만날 수 없지만 생일같은 기념일이나 크리스마스 등 명절에는 꼭 만난다.

페리시티는 젊었을 때부터 계속 사회생활을 해 왔는데, 몸이 아픈 관계로 얼마 전에 퇴직했다. 지금은 전업주부로서 가정을 돌보고 있다. 가계 관리도 그녀의 몫이다.

"나는 경제 관념이 희박해서 돈을 가지고 있으면 곧 써 버리고 말죠. 하지만 그녀는 꼼꼼하기 때문에 안심하고 모든 금전 관리를 맡기고 있습니다."

빌도 집안일을 돕는 데 불만이 없다. 방과 욕실을 청소하고, 일요일에는 못을 박거나 쓰레기를 버리는 일을 게을리하지 않는다. 요리도 좋아해서 가끔 식사를 준비하기도 한다. 스스로 필요한 일을 알아서 처리하고, 페리시티가 부탁하면 무엇이든 들어 준다. 얼마 전 페리시티는 다시 일을 시작했는데 몸이 완전히 회복되지 않았는지 좀 힘이 든다. 빌은 그녀가 일을 하든 하지 않든 상관없다고 생각한다.

결혼과 동시에 늘어나는 의무

빌은 초혼과 재혼이 완전히 다르다고 말한다.

"전처와는 건설적인 이야기가 통하지 않았습니다. 그녀는 결코 변하고 싶어 하지 않았고, 그랬기 때문에 대화를 하다 보면 언제나 싸움으로 끝날 뿐이었죠. 하지만 페리시티와는 집안일이나 자녀 교육 등 어떤 사항에 대해서도 이야기가 통합니다. 우리는 서로의 말에 제동을 걸지 않고, 귀기울여 들어주고 존중합니다."

페리시티도 빌과 생각이 같다.

"부부싸움을 할 때도 있고 의견이 다른 경우도 있지만 나름대로의 의견이 있는 것이 당연하다고 여기고 서로 조정하려 애씁니다. 대화가 통하니까 보다 좋은 아이디어가 생겨나죠."

부부간의 대화가 원만한 페리시티도 친정 부모의 결혼생활에 대해서는 안타깝게 생각한다.

"내가 어렸을 때만 해도 미국 사회에서 남성은 주가 되고 여성은 부속물에 불과했죠. 나는 그것을 변화시키고 싶다고 생각했어요. 내 부모는 이탈리아 출신인데, 이탈리아 역시 아버지가 리더가 되고 어머니는 따라야 하는 분위기였어요. 대부분의 가정이 그러했고, 부부생활이 길어질수록 대화는 점점 줄어들었습니다."

리더는 다른 사람의 위에 있는 우두머리라는 의미가 아니다. 리더는 상황을 잘 파악해야 하는 입장에 서 있다. 중요한 결정을 내려야 하는데 아내가 반대되는 입장에 서 있다면 부부가 함께 해결하려는 자세를 가져야 하고, 남편이 최종적인 결정을 내려야 한다.

결혼에는 큰 책임감이 따른다. 해야 할 것이 늘어나기 때문이다. 좋은 관계를 유지하려면 남편과 아내 모두 노력을 게을리해서는 안 된다. 서로를 잘 알고 배워 가야 한다.

"신문만 읽고 텔레비전만 보거나 잠만 자는 남편은 노력하고 있다고 말할 수 없습니다."

로스 부부의 공통적인 취미는 독서이다. 휴일이면 함께 큰 서점에 가서 나란히 앉아 책을 읽거나 집에서 커피를 마시면서 여유롭게 책을 읽는 것이 큰 즐거움이다. 이따금 공원에 가서 책을 읽을 때도 있다. 빌의 희망은 정년퇴직 후에 서점을 운영하는 것이다.

그들은 금요일을 데이트하는 날로 정해 놓고 바닷가 근처의 레스토랑이나 커피숍에 간다. '부부간의 데이트는 매우 중요한 일'이라는 데 의견을 같이한다. 결혼해서 세월이 흘러도 둘 사이의 관계가 더욱 친밀해지기 때문이다.

모든 사람은 가족 구성원인 동시에 각각의 개인이다

유형 2

친자와 양자를 함께 기른 38년

프레드릭 존스와 안젤라 부부는 61세로, 동갑이다. 맑은 하늘과 조용한 바다로 둘러싸여 있는 캘리포니아의 조용한 주택지에 살고 있다. 부부는 25년 전에 이곳으로 이사했다. 예전에 여름 휴가를 보내던 섬머 하우스에서 노후를 보낼 주거지로 선택한 것이다.

프레드릭과 안젤라가 만난 것은 대학을 졸업한 직후였다. 친구의 소개로 만난 그들은 곧바로 마음이 통해 23세때 결혼했고, 어느새 38년이라는 세월이 흘렀다.

둘 사이에는 37세인 맏딸을 비롯하여 23세가 된 외아들까지 모두 다섯 명의 자녀가 있다. 그중 둘째딸과 셋째딸은 쌍둥이로, 큰아이가 여섯 살 때 생후 5주 된 갓난아기를 입양한 것이다. 그 뒤로 넷째딸과 아들이 태어났다.

"우리는 대가족을 원했습니다. 쌍둥이도 원했고, 양자도 원했습니다. 입양을 함으로써 사회에 공헌한다는 이유도 있었지만 그런 것에 상관없이 쌍둥이가 있으면 행복할 것 같은 마음이었죠. 아이가 매우 사랑스러웠고, 가족이 많은 것이 부러웠을 뿐입니다. 그리고 세상에는 가족을 필요로 하는 아이들이 많이 있습니다. 양자와 친자와의 차이는 생물학적인 부분에만 있을 뿐이며, 자식이 아닌 아이는 없습니다. 부모로서 모두 평등하게 내 아이라고 생각합니다. 단지 내가 낳은 아이인가 아닌가의 차이일 뿐이죠."

큰 딸을 임신했을 때 두 사람은 대학원에 다니고 있었다. 예상 밖의 임신이었지만 기분 좋은 실수였다. 둘째는 대학원을 졸업하고 나서 갖기로 하고 6년 만에 입양에 대해 알아보았다. 그리고 둘 다 흔쾌히 양자를 들이는 것에 동의했다.

"1960년대의 미국 사회는 협동 정신이 있었습니다. 그때 우리들이 대학원을 졸업한 시점과 입양에 대한 의견은 일치했죠."

시간 나는 쪽이 돌본다

대학원을 졸업한 후 프레드릭은 변호사가 되었고 안젤라는 아동발달학 교사로 대학에서 교편을 잡게 되었다. 그런데 큰딸과 쌍둥이 아기가 있어서 사회생활과 집안일을 병행하기가 힘에 부쳤다. 안젤라는 매일 잠자는 시간을 줄여서 집안일을 처리했다. 세탁까지 마치고 나면 언제나 한밤중이었다.

"언제나 아이들을 우선으로 생각했죠. 또 책임 있는 일을 하고 있었기 때문에 가족 모두가 도와주어서 편했어요. 첫아이가 동생들을 돌보도록 교육시켜서 아이들이 자연스럽게 서로 돕게 되었습니다."

아침에는 남편이 일찍 일어나서 식구들을 위한 식사를 준비하고, 아내는 아이들의 등교 준비를 해 준 뒤 9시에 버스를 태워 보낸다.

"나는 기저귀도 갈았고, 시간이 나면 아이들 숙제도 봐 주었습니다."

프레드릭이 자신하는 것처럼 이들 가정에서는 남편의 역할 분담이 잘 이루어졌다. 안젤라 또한 가정과 일 두 가지 모두 매우 행운이었다고 말한다. 8시간 동안 사무실에서만 근무하는 것이 아니라, 강의나 미팅, 데스크 워크(desk work : 리서치 등의 외부 업무)를 골고루 진행하고, 필요한 업무가 끝나면 즉시 귀가할 수 있었다. 그 당시 살고 있던 집에서 학교까지는 걸어서 갈 수 있을 만큼 가까웠고, 아이들에게 무슨 일이 생겼을 때도 바로 귀가할 수 있었다. 만일 지금의 집에 살고 있었다면 직장까지 거리가 1시간이나 되므로 위급한 일이 생겼을 때 어떻게 대처해야 할지 난감했을 것이다. 당시에는 생후 6개월 된 넷째딸이 있었고, 곧바로 막내가 태어났다. 안젤라는 한동안은 넷째딸과 막내를 데리고 학교에 출근하여 근무 중에는 대학 근처에 살고 있는 친구 집에 맡기거나 사무실에서 놀게 했다. 만일 안젤라가 학교가 아닌 일반 사무실에 근무했다면 불가능했을 것이다.

다섯 명의 자녀를 양육하며 교사로 일하기란 버거운 일이었다. 결국 안젤라는 퇴직할 수밖에 없었다. 퇴직 후에는 카운슬러로 일했고, 한때는 대학원에서 비상근 강사로 강의를 진행하기도 했다.

"나는 슈퍼우먼이 아니었어요. 아이들을 집에 남겨놓고 직장에 나가 일하는 것이 마음이 편치 않았습니다. 하지만 항상 사회 생활을 하고 싶었기 때문에 아무리 고생스러워도 전업주부로 돌아가고 싶은 생각은 없었습니다. 그래서 풀타임 교수직을 그만두었죠."

부부의 대화는 안전벨트

현재 주요 수입원은 남편의 월급이다. 지금까지 생활하는 데 드는 비용을 모두 아내가 벌었던 때도 있었고, 둘이 함께 벌었던 때도 있었다. 이들 부부는 언제나 서로 도움으로써 가정 안팎의 일에 유연하게 대처해 왔다. 어떤 상황이 발생할 때마다 그때그때 서로 의논하면서 결정한 것이 주효했다.

남편 프레드릭은 "우리들은 수십 년간의 세월로 깊게 결합되었습니다."라고 말한다. 그렇게 될 수 있었던 이유는 항상 서로의 생각을 존중했기 때문이다. 물론 둘이 그 어떤 문제도 없이 여기까지 온 것은 아니다. 하지만 상황이 악화되었을 경우에도 그들은 서로 의논함으로써 좀 더 나은 방향으로 나갈 수 있었다.

"미국에도 부부간에 대화가 없는 가정이 있습니다. 대화가 없는 부부는 대부분 이혼하게 됩니다. 그러므로 대화는 일종의 안전벨트 같은 것이라고 할 수 있죠. 서로 대화함으로써 문제점을 찾을 수 있고, 대처할 수 있는 방법도 발견하게 됩니다. 그러나 대화가 없다면 상황은 악화될 뿐이죠."

이 말에 안젤라도 동의한다.

"부부간에 서로 대화가 없다는 것은 매우 불행한 일입니다."

프레드릭과 안젤라는 서로의 일에 대해서도 의견을 자주 나눈다. 물론 프레드릭은 변호사라는 직업상 비밀을 지킬 의무가 있기 때문에 자세한 것은 이야기하지 않지만 경우에 따라 아내의 의견을 묻는 경우도 있다. 안젤라도 카운슬러로 일하면서 생기는 여러 가지 일반적인 문제에 대해 남편의 조언을 구한다. 이들 부부는 서로간의 조언에 대해서 상당히 신뢰하고 있다.

"아내는 사람을 만나는 일을 해서 그런지 사람을 잘 판단합니다. 의뢰인을 잘 판단해야 할 때, 예를 들어 이런 상황이라면 어떻게 반응해야 하는지를 판단하기 곤란할 때 아내의 의견을 묻죠. 그러한 능력은 나보다 아내가 훨씬 뛰어나서 언제나 적절한 조언을 해 줍니다."

프레드릭의 말에 안젤라는 다음과 같이 덧붙인다.

"우리들은 서로 신뢰하고 서로 사랑하고 있습니다. 어떤 것을 결정해야 할 때는 언제나 의견이 같습니다. 오랜 시간을 함께 살아왔기 때문에 서로 닮아 가는지도 모릅니다. 다른 점이 있다면 보고 싶어 하는 영화가 다르다는 것뿐이죠."

규칙을 정하지 않는다

부부는 물론 아이들도 포함된 가족에게 아버지는 우두머리가 아니기 때문에 가족간의 규칙을 정하지 않았다고 한다. 가족이란 서로 돕고 서로 의지하고 서로가 책임의식을 갖는 것이다. 한 사람 한 사람은 가족의 구성원인 동시에 각각의 개인이기도 하다. 자녀들에게 기본적인 예의를 가르쳐 주면서 남에게는 물론 자기 자신에게나 피해를 주어서는 안 된다고 강조하지만 억지로 규칙을 정해 놓는 일은 없었다. 다만 이 세상을 어떻게 살아갈 것인가, 자신의 삶을 어떻게 만들어 갈 것인가에 대해서는 열심히 가르치고자 노력했다.

이들 부부는 두 살짜리 아이에게도 자신의 의지가 있다는 사실을 잘 알고 있다. 인격이 성장하는 자녀들에게는 부모로서 조언을 할 수 있다. 부부 사이는 물론 가족끼리 생각이 충돌하고 이런저런 의견의 불일치가 있을 때도 있지만 서로에 대한 이해를 통해 날마다 조금씩 발전해 나가고 있다.

지금은 자녀들이 성장하여 자신의 길을 찾아 독립하게 되어 헤어져 살고 있지만 저마다 삶에 충실하면서 가족으로서의 끈을 확실하게 간직하고 있다.

"아주 멋진 남편과 가족 그리고 나의 일을 모두 소유하고 누릴 수 있어서 나는 정말 행복했습니다. 남편과 아이들 때문에 내가 희생했다고는 한 번도 생각해 보지 않았어요. 다른 인생을 살 수도 있었겠지만 나는 지금까지의 삶이 매우 만족스러웠고, 앞으로의 삶도 행복할 거라 확신하고 있습니다."

크게 변화한 스웨덴의 가족 정책

지금부터는 스웨덴의 부부 관계를 살펴볼 것이다. 스웨덴 가정은 최근 50년 사이에 크게 변화했다.

1950년대에는 결혼한 여성의 대부분이 전업주부로서 가사와 육아를 모두 담당했다. 그러나 1960년대부터 70년대에 걸쳐서 많은 여성들이 사회 생활을 하기 시작했고, 1980년대에는 여성의 취업률이 남성과 거의 동등해졌다. 그 배경에는 '남녀를 불문하고 인간 발달을 가능하게 하는 노동 생활과 가정 생활 양쪽의 필요성과 개인 선택의 자유 확대'를 목표로 한 스웨덴 가족 정책이 있었다.

스웨덴의 사회보장과 남녀평등의 특징은 여성 해방과 지위 향상이라는 측면뿐만 아니라 남녀의 역할 의식과 라이프스타일의 변화라는 커다란 변화를 가져왔다는 데 있다. 그러나 한편으로 남녀평등과 경제적 자립을 달성함으로써 스웨덴의 가족이 붕괴되는 부작용도 초래했다. 한 사람 한 사람이 자립된 개인으로 살아갈 수 있게 됨에 따라 가족이 해야 하는 역할을 상실했기 때문이다.

스웨덴이 내세우는 '세계 제일의 복지 국가'라는 자랑스런 이름의 이면에는 '기계적인 복지에 의해 인간적인 따스함을 잃은 고독한 국가'라는 양면적인 잣대가 존재한다. 개인 단위의 보장이 시행된 결과 법률적으로 결혼한 부부와 아이들로 구성된 가족 수는 줄었다. 그 대신 삼보가 증가했다. 동거는 하되 결혼식과 혼인 신고는 하지 않는 사람들을 가리키는 '삼보(sambo)'라는 말의 의미는 '함께 산다'는 뜻.

동거 상태가 법률혼과 한 가지 다른 점은, 커플이 서로에게 부양 의무를 지지 않는다는 것이다. 현재는 결혼 전에 상대를 지켜보는 시험 기간으로 삼보 상태로 지내는 커플이 많다고 한다. 전체 커플의 약 30%가 삼보 상태에 있다. 단, 삼보 상태에서 헤어질 경우라도 아이가 있는 상황에는 아이에 대해 남자와 여자 양쪽 모두 금전적인 것을 포함한 부양 의무를 져야 한다.

생활의 균형과 부부간의 균형을 동시에 잡다

유형 3

바빠도 균형은 이룬다

요하스 존슨이 친구의 소개로 마틸다를 처음 만난 것은 34년 전이다. 교회에서 정식으로 결혼식을 올린 지 어느덧 33년이 되었다. 현재 요하스는 56세, 마틸다는 한 살 아래인 55세이다. 아들과 딸이 독립해서 집을 떠난 뒤로 마틸다 부부는 집을 팔아서 스톡홀름에 있는 마틸다의 부모님 가까이로 이사를 했다. 부부가 살기에는 집이 너무 넓었고, 80세가 된 마틸다의 친정 아버지가 병에 걸려 보호자의 손길이 필요했기 때문이었다.

마틸다는 거의 매일 친정 아버지와 연락을 하고 일주일에 한 번은 시장을 봐서 친정집에 머물렀다. 요하스의 양친도 모두 편찮으셨기 때문에 3형제가 교대로 부모님의 생활을 돌봐드렸다.

아들은 동거하던 여성과의 사이에서 아이가 생기자 1년 전에 서둘러

결혼했다. 결혼식과 아이의 세례식을 동시에 했다. 그 뒤 아이가 한 명 더 태어났고, 요하스와 마틸다는 이제 두 아이의 할아버지와 할머니가 되었다.

28세가 된 딸은 현재 두 살 연하의 파트너와 삼보 상태이다. 일과 청춘을 모두 즐기고 싶은지 결혼식은 올리고 싶지 않아 하고, 임신할 생각 또한 없는 듯하다. 그들은 딸의 지금의 상태를 부모로서 인정하고 있고, 문제가 되지 않는다고 생각한다. 단, '나중에 결혼식까지 보고 싶은 소망은 있다'는 것이 그들의 솔직한 심정이다.

일 년에 3주간은 그들만의 휴가를 즐긴다

요하스는 아이들을 지도하는 보육교사다. 예전에는 영화와 텔레비전 등 미디어와 관련된 일을 했지만 회사가 합병으로 인원을 감축하면서 명예 퇴직했다. 그는 지금 하고 있는 일이 매우 만족스러워서 내가 왜 진작부터 이 일을 하지 않았을까 하고 후회할 정도다. 마틸다는 일본계 기업의 경리부에서 14년째 근무하고 있다. 그녀도 현재의 직장에 만족하고 있으며, 전직은 생각하지 않고 있다. 그녀는 오래 전부터 경리 업무를 해 왔다. 둘째 아이가 태어나면서 6년간 직장을 그만두고 집안일을 돌보았지만 그 사이에도 일은 계속했다.

지금 둘이 공통으로 하고 있는 일은 자녀들이 어렸을 때부터 계속 참여해 온 축구팀을 후원하는 일이다. 자원봉사지만 벌써 20년째 계속하고 있다. 두 사람은 서로 다른 팀을 돌보고 있는데, 요하스는 평일 밤에도 거의 매일 축구팀에 얼굴을 내밀고 있으며, 주말에도 하루는 축구

자원봉사로 보낸다. 특히 여름에는 일보다 축구로 더 바쁘다. 회사 업무가 끝나자마자 축구장으로 직행, 밤 8시가 지나서야 집으로 돌아오는 식이다.

마틸다는 이 일에 불만을 품을 수밖에 없다. 늘 혼자서 식사를 하기 때문이다. 그래서 부부는 일부러 금요일과 주말은 일을 하지 않고 둘이서 함께하자고 약속을 했다. 요하스의 서재에는 자신이 돌보는 축구팀 선수의 사인이나 유니폼이 장식되어 있으며, 특히 프로 무대에 진출한 선수는 그의 자랑거리이다. '당신은 축구에 지나치게 많은 시간을 소비한다'고 불만을 토로하는 마틸다도 사실은 요하스에게 지지 않을 정도로 축구 자원봉사에 열심이다.

이들 부부는 1년에 3주는 휴가를 얻어 일이나 축구는 일체 잊어버리고 오직 그들만의 휴가를 즐긴다. 6~7년 전만 해도 외국으로 나가는 것은 생각도 못했지만 요 근래는 스웨덴의 엘란트 섬에 있는 섬머하우스를 빌려서 휴가를 즐긴다.

'태양과 바람의 섬'이라고 불리는 엘란트 섬은 여름 바캉스 시즌에는 비가 적고 태양이 눈부시게 내리쬐는, 인기 높은 휴양지이다. 희귀한 생물이 서식하고, 크고 작은 풍차가 돌아가며, 수렵을 즐기는 국왕을 위한 별궁과, 바이킹과 관계있는 역사적 발자취까지 그야말로 최고의 휴식처이다. 휴식을 취하는 동안 요하스는 그림을 그리고 마틸다는 독서에 빠져든다. 부부가 섬머하우스에 머무는 동안 자녀들이 놀러와서 4~5일 정도 함께 지내다 돌아간다. 여유로운 휴가를 지내는 것이 마틸다는 너무나 행복하다.

"섬머하우스에서 보내는 하루하루는 오랫동안 동경해 왔던 행복한 생활입니다. 조용하고 편안하고 풍성한 자연과 친해질 수 있기 때문이죠. 이곳에서 알게 된 다른 가족들과의 만남도 즐거워요. 요하스도 항상 같은 섬머하우스에서 시간을 보내고 싶어 합니다."

아이들이 어렸을 때는 텐트를 가지고 유럽의 각 나라를 한가로이 여행했지만 지금은 두 사람이 조용한 바캉스를 보내고 싶어 한다. 이제는 여기로 가자, 저기로 가자 하는 식으로 의견이 엇갈리는 일은 없다.

"부부가 34년의 세월을 함께 지내왔는데 이제 와서 새삼스럽게 싸울 이유가 어디 있겠어요?"

인생의 중요한 부분은 무엇인가?

존슨 씨 가정은 가계부를 따로 관리한 적이 없다.

"젊은 커플 중에는 부부간에도 서로 독립적으로 재산을 갖는 사람들이 많지만 우리는 두 사람의 수입을 한곳에 모아서 가정에서 필요한 것을 구입하는 데 지출합니다. 우리들은 각자 숨겨 놓은 비자금이 없기 때문에 어떤 것을 사고 싶을 때는 반드시 둘이 의논을 하게 되죠."

"최종적으로 타협을 하지만 대체적으로 의견이 일치합니다."라고 마틸다는 말한다.

"아파트에 공동으로 사용하는 세탁기가 있지만 빨래할 때마다 가는 것이 귀찮아서 세탁기를 구입하려고 의논했을 때 의견이 바로 일치했죠."

요즘은 직장이 멀어졌기 때문에 요하스가 차로 마틸다를 역까지 태워다 주고 집에 돌아가 청소를 한다. 단독주택에 살았을 때는 벽에 페인트를 칠하거나 지붕을 수리하는 등의 일도 요하스가 담당했다. 마틸다는 정해진 역할에 관계없이 융통성 있게 집안일을 분담하고 설거지나 청소를 귀찮아하지 않는 남편에게 만족하고 있다.

'부부가 함께 있는 시간이 줄어 버린 것이 유감'이지만, 부부는 신체가 건강하여 활동할 수 있을 때까지 자원봉사를 계속하려고 생각하고 있다. 두 사람 모두 활동적인 것을 좋아하는 성향으로, 축구팀을 돌보는 것이 자랑이다. 오랫동안 사귀어 온 친구들도 있다. 부부가 서로 다른 팀을 돌보긴 해도, 친구들과의 만남은 언제나 부부 단위로 이루어진다.

자녀가 모두 떠나고 부부만 남게 되었어도 일과 축구팀 자원봉사로 바쁜 존슨 부부에게는 좀처럼 자신만의 시간이 나지 않는다.

마틸다는 "눈에 띄게 몸이 약해지는 아버지를 돌봐 드리고 싶은데……" 하면서 친정아버지를 염려했다. 바쁜 일상과 주말의 부부만의 시간, 한 달에 한 번 가족끼리 놀러 오는 손자와의 즐거운 한때 그리고 일 년에 한 번 정도 자연과의 휴식…… 부부는 생활의 균형을 잡으면서 부부간의 균형도 잘 이루어 가고 있다.

사랑은 시간을 들여 키우는 것

실제로 스웨덴의 부부들을 인터뷰해 본 범위 내에서만 보면, 개인으로 살아가는 것이 가능한 사회라고 해도 법률상은 물론 실질상의 파트너나 가족이 불필요하다고 생각하는 사람은 없었다. 물론 남녀 모두 경제적으로 자립하고 자유로운 선택이 가능하게 된 상황에서, 결혼이라는 틀을 만드는 일에 어떤 의미가 있는가, 어떤 부부 관계를 만들어 가고 싶은가에 대해 진지하게 고민하며 시간을 들여서 선택한다는 느낌을 받았다.

가계 관리법 등 부부라고 해도 매우 엄밀하게 서로의 경제를 분리하는 커플이 많고, 가정에서도 개인주의가 실현되고 있었다. 결혼해서도 독립 재산을 갖고 집세나 생활비는 물론 여행 경비도 반반씩 부담하고, 생활비 외에는 상대가 낭비를 해도 간섭하지 않는 등 철저하게 개인주의가 만연해 가고 있다. 대등한 부부 관계가 성립되어 있고, 가정 일에 대해서는 서로가 납득할 때까지 철저하게 의견을 조정하거나 대화를 통해 해결하는 듯하다. 결혼이나 이혼이 개인의 선택이라고는 해도 자식에 대한 부모의 책임은 중요하며, 부부의 관계는 끝나도 친자 관계를 존속하기 위한 노력이 확대되고 있다. 이혼할 때도 16세 이하의 자녀가 있으면 6개월간 생각할 수 있는 의무가 주어지며, 이혼 후에도 원칙적으로 양친이 공동으로 감독하고 보호할 의무가 지속된다. 그런 까닭에 이혼한 부부가 서로 가까운 곳에 살면서 아이들이 부모와 왕래하기 쉽도록 하는 경우가 많다.

비록 부부 관계는 악화되어도, 자녀 앞에서 상대방을 헐뜯거나 나쁘게 표현하는 것을 피하고, 부모로서 존경받을 수 있도록 노력한다. 자녀를 최우선으로 생각하기 때문이다. 재혼해서 새로운 파트너가 생겨도 자녀에 대한 부모로서의 책임은 없어지지 않는다. 첫아이가 태어난 뒤에 헤어지는 커플도 있는 반면 삼보 상태에서 법률혼에 이르는 커플도 많다.

그렇다면 결론은 한평생 함께하고 싶은 확신이 생겼을 때 선택하는 것일까? 오랜 동거 기간을 거쳐 정식으로 결혼 한 40대 삼보 커플의 아내는 미묘한 심경의 변화를 털어놓았다.

"법적으로는 차이가 없어도 결혼해서 아내가 되는 것과 동거와는 다릅니다. 주변의 인정을 받고 결혼반지를 교환하고 이름도 바꿨습니다. 결속감이 생겨서 행복합니다."

동거, 약혼, 결혼이라는 과정이 오랜 시간에 거쳐 이루어지는 스웨덴의 커플! 결혼이라는 제도에 의해 부부가 최초의 만남부터 사회적으로 인정받아 출발하는 것과는 달리 두 사람이 공동생활을 통해 서로를 이해하고 좋은 감정을 유지한 뒤에 결혼에 이르는 모습을 볼 수 있었다. 처음부터 사랑이 있었던 것이 아니라, 애정은 오랜 시간에 걸쳐 자라는 것이라는 인식이 있다.

04

유 교 정 신 이 흔 들 리 는
한 국 의 부 부

사회 구조와 가치관의 변화에 동반하여
급격하게 변화하고 있는 한국의 결혼 사정.
한국의 부부들은 이 흔들림을 어떻게 받아들여
관계를 원만히 이루어 가는 것일까?

유교 정신이 흔들리는
한국의 부부

국가적인 문제가 되고 있는 한국의 이혼 사정

한국통계청이 정리한 〈2003년 한국의 사회 지표(2002년 기준)〉에 의하면, 한국에서는 자살과 이혼이 급증하고 있어 심각한 사회 문제가 되고 있다고 한다. 같은 지표에 의하면, 2002년 한해 동안 이혼한 부부는 14만 5,000쌍으로, 10년 전인 1992년의 5만 3,500쌍에 비해 약 3배나 증가했다. 결혼에 대한 이혼 비율은 47.4%로, OECD 국가 중에서 가장 높은 미국(51.0%)과 스웨덴(48.0%)에 육박하고 있다.

이혼의 원인은 '부부간의 불화'가 73.2%로 가장 많지만, '경제 문제'도 11.7%에 이르며, 10년 전에 비해 7배 이상이 되었다. 급격한 이혼 증가의 원인을 IMF(국제통화기구) 경제난에 의한 기업의 부도와 합병의 영향에서 찾기도 하고, 감정적으로 쉽게 끓어오르는 국민성, 특히

'빠른 속도로 변화하는 여성과, 변화를 거부하는 남성의 문화적 엇갈림 현상'이 '이혼율 증가의 주요 원인'이라고 해석하기도 한다. 어쨌든 지금까지는 가정 붕괴 현상이 빠르게 진행될지 모른다는 위기의식 아래, 법무부는 이혼에 합의한 부부들에게 3~6개월간의 이혼 유예 기간을 두도록 법으로 정할 것을 검토하기로 하였다. 그러나 국민의 행복권과 관련된 일이어서 이 법을 적용하기에는 쉽지 않을 것이라는 견해가 많다.

또 이혼을 어렵게 하기 위해서 이혼 전에 전문 기관에서 상담을 의무화하도록 하는 제안도 나오고 있으며, 상담 기관의 의무 설치를 검토하고 있다. 현재 설립되지 않은 상담 기관이 어느 정도 이혼을 예방할지는 불분명하지만 급격한 이혼의 증가는 이미 개인의 문제에 머무르지 않고 '국가 문제'로 대두되고 있다.

남편은 '바깥 사람', 아내는 '집안 사람'

'인류의 문제'라고 일컬어질 정도로 전통적인 한국 문화에 있어서 결혼은 매우 중요한 사항이었다. 더구나 개인적인 사항이라기보다 한 가문과 가문의 결합을 의미할 정도로 중요하고 필수적인 것이었다. 유교적인 가족 이념과 부계 혈연 집단을 중시하는 한국 사회에서는 '가문'에 대한 인식이 강하고 혈연을 매우 중시한다. 그 혈통을 이어 받아 유지하는 행위인 제사를 지냄으로써 가계를 지키는 일은 장남의 몫이라고 여겨져 왔다.

이것이 지금까지도 계속되고 있는 남아 선호 사상의 근원이다. 선조와 자손을 연결하는 사람은 어디까지나 아버지 쪽의 혈통이고, 아이를 낳은 어머니는 그 아이의 혈연이기는 하지만 친족의 혈연은 아니라는 인식이 있다. 그래서 부부는 성이 다르고, 자식은 아버지의 성을 따른다. 호주 승계의 제1순위는 맏아들이고, 아버지가 사망하면 아내가 아니라 어린 자식이 호주가 된다. 또 자식은 아버지의 성만을 계승하기 때문에 어머니가 이혼이나 재혼으로 아이를 돌보게 되어도 같은 호적에는 올리지 못한다. 이 '호주 제도'가 여성 차별을 부추긴다 하여 여성 단체들이 오랫동안 폐지를 요구해 왔다. 하지만 민법 개정의 움직임이 나올 때마다 유학계 등에서 전통적인 문화를 부정하고 가족 해체를 가속하는 원인이 된다는 이유로 반대의 목소리를 높여 호주제 폐지는 이루어지지 못했다. 그러나 결국 2005년 3월, 국회 본회의에서 호주제 폐지를 골자로 한 민법 개정안이 성립되었다.

유교적인 규범에 근거한 부부의 역할 분담은, 남편은 '바깥 사람', 아내를 '집 사람'으로 부르도록 하고, 남편은 가장으로써 경제나 대외적인 문제에 책임을 지고, 아내는 집안을 지키는 것으로 인식하게 하였다. 전통적인 주거 형태에서는 집안에서도 남녀가 생활하는 공간이 엄격하게 구분되어 있었다. 여성이 결혼해서 그 집의 사람으로 대우받기란 쉽지 않았고, 무엇보다 시댁이 소망하는 아들을 낳음으로써 그제서야 아들의 어머니로 안정된 지위를 얻을 수 있었다.

그러나 급격한 도시화와 산업화로 농촌에서 도시로 젊은 층이 빠져나가 핵가족이 증가하고, 여성의 고학력화와 사회 진출이 더해지면서 한국의 전통적인 가족관과 결혼관은 크게 변화하기 시작했다. 법률이나 민족의 이데올로기보다 현실 생활의 변화가 앞서게 된 것이다.

한국사회에서 중시되어 온 장유유서와 효 사상, 남녀유별이라는 윤리와 남녀평등, 개인의 자유, 인권 추구라는 현대사회의 조류 사이에서 부부 관계도 크게 흔들리고 있는 것이다.

1970년대 한국의 고도 경제 성장기에 생겨난 '신세대'들에게 있어서 결혼이나 부부의 형태는 '개인의 선택'이고, 혼전동거나 이혼, 재혼 역시 사회적으로 거리낄 것이 없는 것으로 인식되어 가고 있다. 2~5세정도 연령차가 나는 연상의 남성과 연하의 여성이 결혼하는 것이 당연하다고 여겨져 온 혼인 연령도 점차 그 차이가 줄어들어 지금은 연상의 여성과 연하의 남성이 결혼하는 역현상도 이상하게 여기지 않게 되었다. 또한 극히 특수한 경우라고 생각되었던 국제 결혼도 수년 사이 매년 20~30%씩 증가하고 있다.

한국형 맞벌이 부부의 전형적인 모습
유형 1

남편과는 대등한 입장에 서고 싶다

이순화 씨와 유영애 씨는 같은 대학에서 같은 학문을 전공한 선후배 사이다. 남편인 순화 씨가 네 살 연상으로, 현재 남편은 40세, 아내는 36세이다. 순화 씨는 고등학교 선생님, 영애 씨는 초등학교 선생님이다.

순화 씨는 대학 1학년 때 입대하여 병역을 마치고 나서 대학을 졸업했다. 두 사람 모두 대학 졸업과 동시에 교사가 되었고, 영애 씨가 취직한 지 2년 뒤에 결혼했다. 순화 씨는 결혼한 다음해에 대학원에 진학했는데, 일을 하면서 야간 대학원에 다니는 것은 결혼 전부터 세워 놓았던 계획이다. 지금은 결혼한 지 12년이 되었고, 11세 된 아들이 하나 있다.

영애 씨는 앞으로도 계속 교사일을 할 계획이다. 미혼보다는 결혼하는 것이 여러 모로 좋다고 생각하지만 다른 여성들처럼 남편에게 복종하는 것은 원하지 않는다.

"경제적으로 안정된 여성 교사 중에는 미혼이 제법 있습니다. 최근 한국에서도 결혼하지 않는 여성이 늘고 있는데 나는 결혼은 하는 편이 좋다고 생각합니다. 30~40대 정도까지는 혼자여도 괜찮지만 50대에도 독신으로 지낸다면 쓸쓸하고 외로울 것 같습니다. 체력도 떨어질 테고요. 동료 중에는 양자를 들이려는 사람도 있습니다."

다만 아내로서 남편과는 대등한 입장에 서고 싶다. 그래서 일도 계속할 생각이다. 남편도 그녀의 생각에 동의한다.

"저는 5형제 가운데 셋째이고, 맏형과는 친가나 부부 관계에 대한 생각이 다릅니다. 아내의 말처럼 부부 사이도 서로 대등한 관계가 좋다고 생각합니다. 우리 윗세대는 부모가 자식을 위해 모든 것을 희생했지만 우리는 그렇게까지 하고 싶지 않습니다. 그보다는 부부의 생활을 더 소중히 여깁니다."

한국의 젊은 가정에는 외동아이가 많으며, 어머니들은 대부분 자기 자녀가 다른 아이들보다 뒤처지지 않았으면 하는 뜨거운 교육열을 지니고 있다. 아이들은 학교 공부 말고도 영어·태권도·피아노·논술 등을 배우러 학원에 다니고, 여기에 지독한 수험 공부까지 가중된다. 중고등 학생은 물론 초등학생도 빡빡한 스케줄의 연속이다. 남편들이 자녀를 좀 더 자유롭게 해 주고 쉬게 하자는 생각을 가지고 있는 데 비해 아내들은 자녀의 사교육에 대한 열의를 버리지 않는다.

영애 씨도 마찬가지다.

"아이 아버지는 아이가 피곤해하는 것을 보고 그만두기를 권하지만 나는 도중에 그만두면 안 된다고 생각합니다. 열심히 공부해서 좋은 성적을 얻을 수 있도록 격려하고 있죠."

영애 씨 부부는 아이의 의견을 듣고 어떻게 할지를 서로 의논한다. 서로 바쁘지만 아이의 교육 문제나 물건을 구입하는 일은 모두 의논해서 결정하고 있다. 또 전공과 직종이 같기 때문에 일에 대한 이야기도 자주 나눈다. 서로 비밀을 만들지 말자고 약속한 것은 아니지만 둘 다 대화를 좋아하다 보니 자연스럽게 대화가 늘어난다.

때로는 큰소리를 내면서 심하게 부부 싸움을 하는 경우도 있다.

"나는 술을 좋아해서 근무를 마치고 동료 교사들과 어울리거나 학교 동창들과 술을 마시러 갈 기회가 많습니다. 그러나 귀가가 늦어지면 아내에게 심하게 질책을 당합니다. 아내도 여자 동료들끼리 식사를 하는 일은 종종 있지만 나처럼 늦게 귀가하지는 않지요."

부부 싸움의 원인은 대부분 남편의 늦은 귀가 때문이다. 하지만 남편들은 언제나 밖에서 놀아도 되고 아내는 살림만 해야 한다는 의미는 아니다. 한국에서는 가정을 이룬 부부들이 서로의 가정을 방문하는 경우가 많다. 남편 친구들이 집에 놀러 오면 영애 씨는 부엌에서 식사를 준비할

뿐만 아니라 손님들과 어울려 음식을 먹고 대화를 나누기도 한다. 그런 과정을 통해 부부 단위 또는 가족 단위로 교제가 이루어진다.

전통적인 가부장제에 얽매이지 않는다

그런데 부부가 대등하다고 해도 집안일은 어쨌든 아내가 중심이다. 남편이 할 수 있는 일은 적어서, 청소를 해 주거나 빨래를 널어 주는 정도다. 순화 씨도 '귀가하면 식사가 준비되어 있고 세탁도 되어 있는 것이 결혼의 장점'이라고 생각하고 있다.

"한국 요리는 손이 많이 가기 때문에 요리까지 하는 남성은 거의 없습니다. 나도 군대에서는 취사병이었지만 지금은 라면 정도만 끓일 줄 압니다. 아내는 초등학교 선생님이기 때문에 일찍 귀가할 수 있어서 사회 생활을 하는 다른 여성에 비해 집안일을 하기가 좋습니다."

가계 관리도 아내가 담당하므로 남편은 용돈을 타서 쓴다. 영애 씨는 장래에 아이가 취직하면 그 수입도 자신이 맡아 관리하고 싶어 한다. 이것은 한국에서는 매우 일반적인 일로, 부모님과 함께 살지 않아도 결혼 전 자녀의 수입을 어머니가 관리하고, 자녀들도 수입 가운데 일정 금액을 용돈으로 타서 쓰는 가정이 많다.

자녀 교육에 대해서도 모든 교육 방침은 부부가 서로 상의해서 결정하지만 매일매일의 세세한 육아는 대부분 아내가 담당하므로 부부가 공동으로 분담한다고 할 수는 없다. 영애 씨는 아이가 어렸을 때부터 어린이집에 맡기지 않고 언니의 도움을 받아오고 있다. 그래서 일부러 언니의 집이 있는 아파트 단지에 집을 구했고, 언니가 이사를 하면 따라서 집을 옮겼다. 영애 씨는 아이를 보육 시설에 맡기는 것보다 친척에게 맡기는 편이 마음이 놓인다고 말한다.

"시간에 융통성이 있고, 매우 잘 돌봐줍니다. 또한 아이를 맡기기에는 시댁보다 친정 쪽이 훨씬 편합니다. 평일에는 아들이 하교하여 내가 집에 돌아올 때까지 언니가 돌봐줍니다. 언니의 아이들과는 친형제처럼 학원도 함께 다니고 있습니다."

부부의 직업적인 특성상 여름방학이나 겨울방학이 있기 때문에 가족이 모두 해외여행을 가는 경우도 종종 있다. 영애 씨 부부는 아들을 데리고 일본으로 두 번, 유럽으로 세 번 여행을 다녀왔다. 방학을 이용한 시간적인 여유가 있고, 맞벌이에다 아이가 하나뿐이어서 경제적으로 형편이 되기 때문이다.

"아들이 자기 방에서 혼자 자는 것을 무서워하여 우리 침실에서 함께 잡니다."

영애 씨는 항상 응석받이인 아들이 걱정되면서도 너무나 귀여워서 어쩔 수 없다고 말한다.

흔히 한국 사회에서는 장남에게는 일부러 가르치지 않아도 분위기상 '장남으로서의 품위와 생활방식'이 자연적으로 몸에 밴다고 한다. 하지만 영애 씨는 아들이 장남이라는 사실에 지나치게 얽매이지 않고 '자신의 세계를 중요하게 여기기'를 바란다. 셋째아들인 남편이나 둘째딸인 영애 씨는 전통적인 혈통주의나 가부장제에 대한 거부감은 별로 가지고 있지 않고 있다. 두 사람이 새로운 부부 관계와 가족 관계를 만들어 가고 있는 것이다.

남편에게 복종하는 자세로

윤양하 씨는 지금부터 17년 전, 행정학과 대학원을 졸업하고 고시를 치르기 위해 공부에 돌입했다. 시험이 다가올 무렵, 공부에 더 집중하기 위해 산속의 절에 들어갔다. 친구들도 만나지 않았고 어떤 전화도 받지 않았다. 절은 그야말로 공부에 집중할 수 있는 안성맞춤의 장소였다. 바로 거기서 지금의 아내가 된 임미라 씨를 만났다.

미라 씨는 그 절의 스님과 잘 아는 사이로, 시간이 될 때마다 종종 들르곤 했다고 한다. 양하 씨를 만났던 그날도 직장동료들과 등산을 하다가 잠시 절에 들렀던 것이다.

"결과적으론 고시에 합격하지 못했지만 절과의 인연으로 그 이상의 행복을 얻을 수 있었습니다."

두 사람은 만난 지 1년 만에 결혼했고, 그 뒤 15년의 세월이 흘러 지금은 열두 살 된 아들을 두고 세 식구가 살고 있다.

결혼 당시 미라 씨는 초등학교 음악 선생님이었으나 결혼한 다음 해에 퇴직했다. 그 뒤 아이가 태어났고, 아이를 키우면서 줄곧 전업주부로 살아왔다.

"집안일 전반에서 가계 관리에 이르기까지 가정일은 모두 나의 몫입니다. 남편은 밖에서 돈을 벌어 오지요. 우리 둘의 역할은 완전히 다릅니다. 나는 사회에 나가 일을 하고 싶지 않아요. 최근에는 맞벌이 부부가 늘고 있지만, 함께 일을 하다 보니 남편이나 아내가 서로 도와주기를 바라고, 그것이 부부싸움의 원인이 되는 것 같습니다. 맞벌이보다는 서로의 역할을 나누어서 가정의 전반적인 일을 내가 하는 것이 훨씬 편합니다."

남편이나 미라 씨는 부부의 역할을 나누는 것이 편리하고 좋다고 생각한다. 아이의 일도 전적으로 미라 씨가 책임진다.

"아내는 '안에 있는 사람'이기 때문에 여러 가지 면에서 능률적입니다. 지금은 여성의 사회 진출이 활발하여 부부가 함께 일하는 가정도 많이 있습니다. 나는 그것이 나쁘다고 생각하지 않습니다. 오히려 각 가정이 처한 상황에 따라 다를 거라고 생각합니다. 우리 집은 모든 가사를 아내가 잘 처리하기 때문에 집안일은 대부분 아내에게 맡기고, 그 대신 나는 일에 전념합니다. 물론 큰 행사가 있을 때는 서로 의논하고 돕습니다. 아이에 관한 문제도 아내에게 일임했지만 교육 방침은 당연히 부부가 함께 의논해야 한다고 생각합니다."

"남편에게 복종하지 않으려는 젊은 여성이 많아진다고 하는데, 그렇게 볼 때 나는 중간에 있는 세대인지도 모릅니다. 내 남편은 여성은 집에 있는 편이 좋다고 생각하고 있으며, 나도 남편이 편하게 일할 수 있는 환경을 만들어 주어야 가정이 편하다고 생각하기 때문에 남편에게 복종하고자 합니다. 남편에게 복종하는 것이 나중에 얻는 이익이 더 많습니다. 우리 윗세대의 여성들은 그것은 당연한 일로 여겨 왔고, 손해인가 이익인가 따위는 생각하지 않았습니다. 지금도 한국에서는 남편에게 의지하는 여성들이 많지만, 결코 남편이 아내 위에 군림하는 것은 아닙니다. 아내는 마음속으로 남편에게 의지하는 것이죠."

가정을 파악하지 못하는 직장 상사는 무능하다

역할을 확실하게 분담하여 '남편은 일(경제), 아내는 가사(육아)'라고 규정해 놓았지만 가정은 어쨌든 중요한 것이다. 그러므로 남편도 일이 바쁘다고 아이의 교육이나 집안일을 소홀히 하지 않는다. 저녁식사는 반드시 가족과 함께하며, 아이와 대화를 하고 아내에게서 그날 있었던 일을 듣는다. 주말도 가족과 함께 보낸다.

가족을 소중히 여기는 것은 이제는 매우 당연한 일이다. 양하 씨는, "회사에서 부하의 가정환경을 파악하지 못하는 상사는 무능력한 것으로 인식됩니다."라고 강조한다.

회사 상사나 부하가 집에 놀러오거나, 가족이 함께 왕래하는 일도 흔하다. 회사 책상에 가족사진을 올려놓는 경우도 많은데, 이것은 공과 사를 구별하지 못하는 것이 아니라 가족을 소중히 생각하기 때문이다. 친구들과의 모임도 부부 중 어느 한쪽이 알았던 관계에서 시작하여 가족 간의 모임으로 발전한다. 한국에서는 가족 단위의 행동이 기본이다.

외동아들은 초등학교 6학년이다. 양하 씨는 아들이 샐러리맨이 되기를 원하지 않는다. 조직에 속하지 않고 독립해서 일하려면 의사나 한의사 등의 전문직을 목표로 해야 한다고 생각하고 있다.

"억지로 권하지는 않지만 전문직을 소개하는 텔레비전 프로그램이 방송되면 아들을 불러 함께 봅니다."

두 사람은 아들이 결혼한 뒤에도 가까운 곳에 살기를 원하지만, 최종적인 판단은 아들이 하는 것이고, 아들의 인생은 아들의 것이라고 생각하고 있다. 이들은 노후를 아들에게 의지하지 않고 실버타운에서 살겠다고 결심하고 있다. 그렇기 때문에 자식은 하나로도 충분하다고 여긴다.

"자녀 교육을 위해 들어가는 시간과 돈은 생각보다 많습니다. 아이가 한 명 더 늘어나는 기쁨도 크겠지만 우리는 우리의 인생을 즐기고 싶다는 생각이 더 큽니다. 어쩌면 이런 사고방식을 갖기 시작한 것은 우리 세대가 처음일 겁니다."

남편 양하 씨는 45세, 아내 미라 씨는 43세이다. 부창부수(夫唱婦隨)라는 말처럼 부부는 삶의 방식과 목표가 같다. 이들 부부는 모든 것을 '합리적'으로 생각하고 받아들여 아들과 함께 가정생활을 즐기고 있다.

 애정 표현으로 원만한 결혼 생활 유지
유형 3

남편은 돈 버는 사람

양인자 씨는 22세 때 고향 사람의 소개로 정세광 씨와 맞선을 보고 결혼했다. 27년 전의 일이다. 현재 인자 씨는 49세, 남편 세광 씨는 5세 연상인 54세이다.

세광 씨는 약국을 경영하고 있다. 결혼했을 때는 아무것도 없는 상태였지만 현재는 서울에 집을 마련했고, 두 자녀를 키우는 데도 만족한 생활을 하고 있다. 집안일은 아내가 모두 담당한다.

"전업주부는 나의 직업입니다. 남편이 가사를 도와주기를 바라지 않아요."

인자 씨는 요리에 자신이 있으며, 가능하면 자연적인 재료를 사용해서 직접 만들어 먹는다. 김치는 물론 인삼차도 손수 만든다. 요즘 젊은 주부들처럼 인스턴트식품을 사는 일은 없다.

가계 관리도 전부 아내의 일이다. 값비싼 물건을 사는 경우에는 남편과 의논하지만 결정은 대체로 아내가 하고 남편은 아내의 결정을 인정할 뿐이다.

6년 전에 집을 리모델링하면서 노후까지 쓸 수 있도록 옷장 등의 대형 가구를 신중히 골랐는데, 그것도 전부 아내가 결정했다. 부부 침실에는 아주 멋진 열두 자짜리 나전칠기 장롱과 화장대가 놓여 있다.

평일에 남편이 귀가하는 시간은 대체로 밤 9시경이다. 남편이 귀가하면 기다리고 있던 가족들이 함께 모여 저녁식사를 한다. 큰딸은 이미 사회인으로서 학원 강사로 일하고 있고, 둘째딸과 막내인 아들은 아직 대학생이다. 아이들도 학원에 다니거나 친구들과의 만남으로 귀가가 늦어지는 경우가 늘고 있지만 기본적으로 저녁식사는 가족이 함께 모여 먹는 것으로 정해져 있다. 저녁 식탁에서 각자가 그날 있었던 일을 이야기하거나 미래에 대해 대화를 나눈다.

주말은 거의 부부가 함께 지낸다. 산책이나 외출, 여행 등 부부의 취미도 같아서 부부가 함께 즐긴다.

"나 혼자 외출하는 일은 거의 없어요. 가끔씩 여성 단체가 주관하는 여행에 친구들과 함께 참가하지만, 자원봉사 수준이죠. 독거노인에게 식사를 제공하거나 자선사업 수익금으로 장애인들에게 선물을 하는 자원봉사를 하고 있습니다. 어쩌다 친구와 외출할 때는 남편이 바쁠 때이고, 보통은 남편도 함께 봉사를 합니다. 휴일에는 대체로 산으로 가벼운 등산이나 산책을 나가곤 하죠."

부부는 늘 함께 외출한다. 현재 집에 살기 시작한 지 15년째로, 결혼후 줄곧 한 동네에서만 살아왔다. 이웃사촌도 많아 모임도 주로 부부 단위로 이루어진다. 주부들끼리만 만나는 경우는 거의 없다.

애정을 언어로 확인하는 것이 중요하다

가끔은 부부간의 의견이 맞지 않아서 싸움을 하는 경우도 있다. 자녀교육이나 미래에 대한 계획 등 거창한 문제로 언쟁하는 것이 아니라 사소한 언행이나 성격 차이인 경우가 많다. 그러면서도 이들 부부는 종종말을 통해 서로의 애정을 확인한다.

"우리 부부가 특별히 사이가 좋은 것이 아니라, 한국에서는 부부간에애정 표현을 잘 하지 않기 때문에 특별해 보이는 것이죠. 우리 부부는결혼한 지 27년이 지났지만 지금도 서로 농담을 하고 애정 표현을 자주합니다."

이처럼 인자 씨는 부부 관계에 만족하고 있다. 단, 가족의 연결고리는부부라는 횡적인 관계보다 친자관계라는 종적인 연결이 기본이라고 생각하고 있다. 남편도 생각이 같다. 세광 씨는 맏아들이 아니라서 부모님과 함께 살지 않지만 지금도 한 달에 두 번씩은 부모님이 계신 고향을방문하고 형제들과 함께 식사를 한다. 특별한 행사가 없어도 부모님에게 건강한 모습을 보여드리기 위해 모인다.

"나는 우리 아들이 결혼한 뒤에 반드시 우리를 모시고 살아야 한다고생각하지 않습니다. 아들은 아직 학생이고 결혼을 전제로 사귀는 상대도 없지만 결혼과 관련된 대화를 자주 나눕니다. 아들은 우리와 함께 살고 싶은 모양입니다."

세광 씨는 아들이나 딸이나 모두 결혼하는 것이 당연하다고 생각하고 있다. 반면에 인자 씨는 딸이 결혼을 하든 하지 않든 본인의 선택에 달렸다고 생각한다. 자녀들의 결혼보다는 어떠한 직업을 갖느냐에 더 신경이 쓰인다. 아버지의 직업이 좋지만 굳이 대를 잇기를 원하지는 않는다. 하지만 안정적인 직종인 교사나 공무원이 되면 좋을 것 같다. 큰딸은 교사 임용 고시에 실패하여 학원 강사를 하고 있는데, 언젠가는 자그마한 학원을 경영할 수 있도록 도와줄 셈이다.

"딸이 나처럼 전업주부로 살지 말고 결혼해서도 계속 일을 하기를 바랍니다."

인자 씨는 자신이 전업주부인 것에 불만은 없다. 오히려 여성이 집안일을 모두 담당함으로써 가정이 원활하게 돌아간다고 생각하고 있고, 현재 자신도 매우 행복하다고 느낀다. 하지만 앞으로의 시대상황을 감안할 때 딸만은 확실한 직업을 갖는 편이 좋겠다는 생각이 든다.

결혼은 개인의 선택, 과도기에 선 한국의 가정

사회 구조와 가치관의 변화에 동반하여 급격하게 변화하고 있는 한국의 결혼 사정. 한국의 부부들은 이 흔들림을 어떻게 받아들여 관계를 원만히 이루어 가는 것일까? 여러 세대의 부부들의 사례를 통해 살펴본 결과 급격한 변화에 따른 세대 간의 격차가 매우 크다는 사실을 알 수 있었다.

4,50대 부부는 역할 분담이 명확하다. 남편은 밖에서 돈 버는 사람, 아내는 가정을 지키는 사람으로 결정하는 것이 부부간의 마찰이 적고 가정이 잘 돌아간다. 단, 그것은 어디까지나 '그렇게 해서 남편을 높여주는 것이 나중에 얻는 이익이 많다' 는 합리적인 판단에 의한 것으로, 그 윗세대처럼 남편이라는 존재에게 무조건적으로 복종하는 것은 결코 아니다. 한편 2,30대의 젊은 부부는 '부모님 세대 같은 생활 방식은 싫다' 고 단언하고, 부부가 대등한 입장에 서기를 원하고 있다.

어느 대학에서는 40대의 교수가 '내 강의를 듣고자 하는 학생은 앞으로 결혼할 생각이 있어야 한다. 결혼할 의사가 없는 학생은 수강생으로 받지 않겠다' 고 말한 일도 있다고 한다. 하지만 학생들은 반드시 결혼이 인생의 절대적인 과정이라고는 인식하지 않는다. 특히 도시의 젊은 이들, 그중에서도 여성에게 있어 결혼은 절대적인 것이 아니다.

한 결혼 정보 회사가 서울에 살고 있는 2,30대의 미혼남녀를 대상으로, 결혼을 반드시 해야 하는지에 대해 앙케트를 실시했다고 한다. 결과에 따르면 응답자의 66.4%가 결혼은 개인의 선택이라고 대답했고, '꼭 해야 한다' 는 대답은 32.8%였다고 한다. 여성들만 대상으로 한 조사에서는 80.3%가 개인의 선택이라고 대답했다.

자신은 결혼과 함께 전업주부가 되었지만 딸만큼은 자립하기를 바라는 여성도 많다. 30대의 어느 전업주부는 다음과 같이 말한다.

"나는 결혼으로 인해 중도하차한 존재가 된 것 같습니다. 딸은 스스로의 힘으로 살아갈 수 있는 직업을 가졌으면 좋겠습니다. 결혼을 하고 싶지 않으면 굳이 하지 않아도 됩니다."

결혼 그 자체의 가치로만 따졌을 때는 부부나 가족의 관계가 변화하고 있는 한편, 남녀를 불문하고 '가족이야말로 가장 중요한 것'이라는 가치관이 아직도 강하다. 남편은 밖에서 돈을 벌어오는 사람이지만, 일본처럼 남편이 있거나 없거나 상관없이 저녁식사를 하는 가정은 드물다. 또한 아이들의 교육을 전적으로 아내에게 맡기는 가정은 거의 없다. 아무리 시간이 늦었다고 해도 남편(아버지)의 귀가를 기다리고, 가족들이 둘러앉아 함께 저녁식사를 한다.

일본 유학 경험이 있는 한 남성은 "왜 일본인은 가족보다 일을 우선시 하는지 알 수 없다. 일본인은 부부나 가족관계에 대해 진실하게 생각하지 않는가. 인간에게는 궁극적으로 가족이 가장 중요한 문제다."라고 말했다.

한국은 대체로 부부간의 대화도 풍부하고, 결혼 후 몇 년이 지나도 언어로 애정을 표현하는 등 부부 관계 만들기에도 적극적이다. 최근 들어 이혼이 증가하는 이유는 한국의 가족 관계가 '부모(특히 부계)와 자식'이라는 종적인 관계에서 부부간의 연결이 중시되는 횡적 관계로 변화하면서 나타나는 과도기적인 현상이 아닐까?

한국 부부나 가족 관계는 변화하는 것과 변화하지 않는 것이 혼동되어 있는 가운데, 남성과 여성, 혹은 부모 세대와 젊은 부부 세대 사이에서 갈등과 타협, 조정을 반복하고 있다.

1997년 김대중 대통령이 남녀평등의 실천을 대선 공약으로 내건 이

후, 여성의 사회적·경제적 지위 향상을 후원하는 법률이 점차 확대 실시되면서 여성의 사회 진출 또한 급격한 진전을 이루었다. 그러면서도 한편으로는 전통적인 혈통 중심 주의와 가부장제적 이데올로기가 사회 윤리로 엄연하게 존재하고 있다. 한국은 지금 보수와 개혁이 공존하는 과도기의 한가운데 있다고 말할 수 있다.

05

남 편 들 의   진 심

vs

아 내 들 의   진 심

각방의 의미는 '서로 자신의 세계를 갖는 것'으로,
조금 귀찮게 생각했던 상대방에 대한 마음을 전환하는 계기가 되기도 한다.
외국 사람들은 도저히 이해할 수 없는 이 각방 문화는 일본에서는 부부가 좀 더
부부로 가까워지기 위한 하나의 수단으로 발전하고 있다.

남편들의 진심 vs
아내들의 진심

부부 관계의 개선을 위해 노력하지 않는 일본

구미 여러 나라나 한국 등 외국의 부부들을 인터뷰한 결과를 종합해보면, 인생에서 부부나 가족이라는 관계를 가장 중요한 것이라고 여기고 있음을 알 수 있다. 그리고 그러한 관계를 유지하는 것, 더 나아가 보다 친밀한 관계를 쌓아 가는 것에 대해 상당히 의욕적이고 의식적으로 노력하는 모습이 보인다. 물론 일본인들도 부부나 가족은 중요한 것이라고 생각하고 있다. 하지만 '노력해서' 관계를 만들어 가는 것이라고 의식하고 있는 사람은 그다지 많지 않다. '부부 사이에 노력을 해야 한다는 것이 오히려 부자연스럽지 않은가? 그것은 결국 두 사람이 맞지 않는 것이다' 라고 생각하는 경우도 있다.

"미국의 남성들은 참 대단해요. 어떻게 매일 아내에게 사랑한다, 오늘도 예쁘다 하고 말할 수 있을까요? 그런 말을 할 필요가 없는 사회에 살아서 정말 다행입니다. 회사 업무만으로도 피곤한데 아내에게까지 립서비스(lip-servise)를 해야 한다는 겁니까?"

남성들의 불만의 소리가 들린다. 물론 부부 중 어느 한쪽이 일방적으로 맞추려는 노력은 부자연스러울지도 모른다. 하지만 서로 다른 남끼리 만나서 함께 살아가면서 상대방에게 신경을 쓰지 않는다는 것도 이상하지 않은가.

남편이 그렇게 생각하는 것처럼 아내도 남편이 밖에서 건강하게 일하는 것이 좋다고 생각하는 경우가 많다. 자신에게 조금은 흥미를 가져 주기를 원하지만, 매일 남편에게 화장이나 헤어스타일, 옷차림 등을 지적받는 것은 귀찮은 일이다. 아내들도 남편들에게 매일 하는 말이라고는 "오늘 몇 시에 들어오나요?", "저녁식사는요?" 등의 사무적인 것뿐이다. 서구의 부부들이 항상 가지고 있는, '배우자의 흥미를 끌지 못하면 무슨 일이 일어날지도 모른다'는 위기감은 거의 없어 보인다.

일본인들은 '일단 결혼만 하면 배우자는 방치해 두어도 존재하는 것'이라고 생각하는 경향이 있다. 결혼을 '골인'이라고 부르는 일본과, 결혼은 '시작'이라고 생각하는 서구와 큰 차이가 있다.

한국의 경우, 중년 세대 부부는 확실하게 역할이 분담되어 있어서 일본의 부부와 비슷한 면을 많이 발견할 수 있다. 한 가지 다른 점은, '무엇보다 가족이 소중하다'는 의식이 남녀 모두 강하다는 것이다. 그런 까닭에 회사에서도 집안 이야기를 하는 경우가 많다. 직장의 인간관계는 가족을 포함하며, 부부나 가족에 관한 일이 직장에서 화제가 되기도 한다. 이것은 민족성에 의한 것으로, 서구의 위기감과는 다르다. 또한 확실한 언어로 감정을 표현하는 점도 일본과는 다르다고 할 수 있다. 특히 솔직한 감정 표현을 주저하는 일본의 남성과는 달리 한국의 남성들은 슬프면 눈물을 흘리고 기쁘면 소리내어 좋아하고 애정 표현도 확실하게 한다. 결혼해서 27년 이상 지낸 50대 부부가 서로의 애정을 언어로 확인하는 일은 한국에서는 자주 볼 수 있는 일이다.

일본의 남편은 아내를 싫어하는가?

대부분의 나라에서 저녁식사는 부부나 가족이 함께한다. 그에 비해 일본은 부부가 함께 식사를 한다는 의식이 낮다. 일본 샐러리맨 사회의 구조가 평일에 부부나 가족이 모여서 저녁식사를 하는 것을 불가능하게 만들고 있지만 그것을 유감으로 생각하는 남성도 별로 없다.

20~30대의 젊은 남성 중에는 아내나 자식과 저녁식사를 함께하기 위해 잔업을 피하려는 경우도 있다. 하지만 잔업이나 급한 용무가 없어도 동료와 술을 마시러 가거나 일부러 늦게 귀가하는 남편들이 더 많다. 오죽하면 '귀택거부증(歸宅拒否症)'이라는 말까지 생겨났겠는가. 아내가 싫어서가 아닌데도 일이 끝나면 곧바로 집으로 돌아가기가 망설여지고, 왠지 발걸음이 떨어지지 않는다. 아내 또한 남편이 없는 저녁식사가 익숙해졌다. '남편이 없는 것이 차라리 편하다'는 분위기가 팽배하다. 외국의 부부들은 그런 상황을 보고 '일본의 남편들은 모두 아내를 싫어하

는가?', '일본인은 남성이나 여성 모두 가정을 소중히 생각하지 않는가?', '어째서 이혼하지 않는가?'라는 의문을 갖게 마련이다.

부부나 가족이 모여서 함께 식사할 수 없다는 사실이 불만스럽기는커녕 오히려 편하다는 느낌은 이혼을 앞둔 부부에게서조차 찾아보기 어려운 현상이다. 구미 여러 나라는 물론 같은 아시아 국가인 한국에서도 생각할 수 없는 일이다. 물론 한국은 부부보다 가족에 대한 우선권이 높은 탓도 있지만, 아버지와 함께 온가족이 식사하는 것을 매우 중요하게 여기고 있다.

부부 각방

최근 일본에서는 '부부 각방'을 당연시하는 분위기가 확산되어 가고 있다. 배우자의 코 고는 소리나 생활 시간대의 차이로 숙면을 취할 수 없다거나, 잠자리에 들기 전까지 자기만의 시간을 보내고 싶다는 등 여러 가지 이유로 부부가 각방 사용을 원하고 있다. 특히 50대의 부부들 중에 각방을 사용하는 사람이 많다고 한다. 이것도 외국인들의 눈에는 상당히 생소하고 이해하기 어려운 현상이다. 각방을 사용하는 것은 이혼과 연관성이 있기 때문이다.

그런데 50대의 각방 문화는 오히려 이혼을 피하려는 마음에서 비롯된 것이라고도 할 수 있다. 늦게 귀가하는 남편의 인기척에 잠이 깨는 것을 참아 왔던 아내, 잠자기 전에 책이라도 읽고 싶은데 불빛에 아내가 깰까

봐 두려웠던 남편이 각각 더 이상 참는 것을 그만두고 조금이나마 편한 대로 살기 위해 선택한 것이 각방이다.

각방 사용을 결정하기 위해 부부가 진지하게 의논을 거치는 경우도 많다고 한다. 알맞은 거리와 해방감이 확보되면서 서로가 전보다 상냥해졌다는 경우도 있다. 각방의 의미는 '서로 자신의 세계를 갖는 것'으로, 조금 귀찮게 생각했던 상대방에 대한 마음을 전환하는 계기가 되기도 한다. 외국 사람들은 도저히 이해할 수 없는 이 각방 문화가 일본에서는 오히려 부부가 좀 더 부부로 가까워지기 위한 하나의 수단으로 발전하고 있다.

생각나면 즉시 전화하는 서구의 부부

부부가 저녁식사를 함께하지도 않고, 한쪽이 매일 밤늦게 돌아온다면 당연히 부부간의 대화는 줄어든다. 외국의 부부들은 대화가 줄어든다는 사실 자체를 심각하게 받아들인다. 부부에게는 일상생활이나 회사일, 자신의 일, 아이들의 일, 휴가 계획 등 대화를 나누어야 할 것이 많다. 그들은 항상 대화를 나누면서도 혹시 무언가 할 이야기를 잊어버렸을 때는 일을 하는 중이라 해도 남편이나 아내에게 전화를 한다. 그것도 하루에 수차례씩. 생각나면 곧 전화를 든다는 것은 어느 나라에서나 흔히 있는 일이다.

하지만 일본 직장에서는 아내 또는 남편에게서 전화가 걸려왔을 경우, 급한 용무가 아니라면 공과 사를 구별하지 못한다고 지적받는다. 직장에서 당당하게 "이번 휴일을 어떻게 보낼까?" 하고 전화 통화를 하거나 갑자기 아내가 회사에 나타나면 주위의 빈축을 사게 된다.

결혼해서 여러 해가 지난 일본의 부부에게는 대화 자체가 없어지고, 그것을 특별히 불만스럽게 여기는 사람도 별로 많지 않다. 결혼해서 20년 정도가 지난 중간 세대 부부 200쌍을 대상으로 '주로 어떤 주제로 부부가 대화하는가'에 대해 조사한 결과, '자녀 문제', '회사 일', '배우자에게 그날 있었던 일', '집안일', '음식이나 요리', '돈', '근처의 생활권', '배우자의 취미', '관심사' 등에 대해 이야기한다는 응답이 나왔다. 특히 대부분의 이야기를 남편보다 아내 쪽이 '더 잘 이야기한다'고 대답했다.

특히 아내가 전업주부인 경우 맞벌이 부부보다도 부부간의 수치 차이가 컸다. 아내가 일방적으로 이야기할 뿐 남편은 그다지 진지하게 듣지 않는다. 또 배우자에게 '그날 있었던 일'이나 '취미·관심사'에 대해서 가장 많이 이야기하는 것도 전업주부지만, 남편이 아내에게 '그날의 사건'을 화제로 이야기하는 일은 별로 없다. 전업주부는 남편을 향한 관심이 강하지만 아내에 대한 남편의 관심은 그 정도는 아닌 것이 결과로 나타난 것이다.

집에 돌아가고 싶지 않다, 함께 식사도 하지 않는다, 침실도 따로 사용하는 것이 편하다, 대화는 아내가 일방적으로 남편에게 한다……. 상황이 심각한데도 정작 본인들은 별 문제 없이 잘 살고 있다고 생각하는 것이 일본 부부들의 이상한 관계다.

남편으로부터의 'give'가 끝날 때

좋고 나쁨을 떠나서 미국이나 스웨덴의 커플이 쌓아 온 부부 관계와 일본, 특히 중간 세대 부부 관계와는 상당한 차이가 있다. 부부가 느끼는 거리감이 다르다.

미국이나 스웨덴의 경우 부부가 함께 움직이는 경우가 많고, 서로가 경제적으로 자립하고 있기 때문에 '파트너'라는 의식이 강하다. 서로가 협력해서 일을 포함한 사회적인 활동과 가정생활을 목표로 한 '동지' 같은 감정이 싹트고 있다. 더구나 미국처럼 애정에 기초한 이상적인 결혼을 지속하기 위해서는 서로가 관심을 갖고 정보 교환을 게을리하지 않으며 항상 두 사람의 관계나 조화에 신경을 써야 한다. 두 사람의 거리를 어떻게 좁힐 것인가 어떻게 친밀한 관계를 계속 유지해 갈 수 있는가가 가장 큰 관심거리다.

일본에서도 2,30대의 주부들에게 물으면 서로 대화도 잘하고 상담도 잘하며 어떤 일이든 두 사람이 협동해서 가정을 꾸려 가는 커플들이 많다고 한다. 앙케트 조사를 해도 중간 세대와 비교해서 부부가 함께 지내는 시간이나 대화량, 공통의 취미 등이 훨씬 많다. 물론 결혼한 지 얼마 되지 않아서 서로가 아직 신선하고 한참 자녀 교육에 신경 쓰는 시기라서 상담을 하거나 협력해야 할 일들이 많은 것이 그 원인이 된다.

중간 세대 부부의 경우, 애정이 전혀 없는 것은 아니지만 부부가 정면으로 마주앉는 것보다는 한 발짝 뒤로 물러서 거리를 두는 커플이 많은 듯하다. 단 남편의 일, 아내의 일이라는 확실한 역할이 있을 때는 각자가 자신의 역할을 다하기 위해 기브 앤드 테이크(give-and-take)의 관계가 성립되지만, 남성의 경제적 역할이 끝난 '정년 후'에는 상당한 신경을 써야 한다. 남편으로부터의 'give'가 끝났을 때 그것을 무엇으로 어떻게 보충할 것인가를 진지하게 생각해 볼 필요가 있다.

▌ 아내의 속마음을 들여다보는 인터뷰

동경도 내의 주택지. 오후 2시.

정오가 조금 지난 무렵 구민 센터 회의실에 다섯 명의 주부가 모였다. 이들은 모두 남편이 몇 년 사이에 정년퇴직을 했다는 공통점이 있다. 주부들도 모두 60대다.

남편의 정년으로 아내들의 생활도 변했다. 지금까지는 평일의 점심시간만큼은 자유롭게 행동할 수 있었다. 하지만 자신만의 아성이었던 집에 남편이 근엄한 얼굴을 하고 있으니 날마다 하루 세 끼의 식사를 준비해야 한다. 자기 혼자라면 남아 있는 음식으로 때우거나, 친구들을 만나 외식으로 해결했던 점심도 그렇게 간단하지만은 않다. 지금까지와는 너무나 다른 생활에 당황하면서도 무언가 타협점을 발견하고 싶은 마음이 절실하다. 베이비붐 세대보다 조금 윗세대 여성들은, 결혼하면 가정을 지키는 것이 아내의 역할이라고 생각해 왔고, 가정에서는 모든 것을 아내에게 맡기고 아무것도 하지 않는 남편을 심하게 몰아세우지 않았다. 하지만 정년퇴직 후 남편이 하루 종일 집에 있게 되면서 이제는 텔레비전이나 신문만 보기보다는 일을 도와주거나 보살펴 주기를 바라게 되었다.

새로운 규칙 같은 것이 생겨서 생활이 안정되었다는 아내, 남편에게 지나치게 신경을 써서 몸이 망가져 버린 아내, 어딘가로 훌쩍 나가 버리고 싶다고 호소하는 아내 등 시행착오를 겪으면서 서로 새로운 인간관계를 모색해 나가고 있다.

참가한 사람은 다음의 다섯 명이다.

- 키가 훤칠하게 크고 행동력과 활동력이 넘치며 홈 파티나 해외 여행이 너무 좋다는 주부 **다케다 요시코** 씨.
- 우아한 분위기에서 자못 양반가의 마님 같은 모습으로 시조 읊기를 즐기는 **우스이 기요코** 씨.
- 살집이 약간 있어서 포동포동하고 우아한 미소가 인상적이며, 돈에 대해서는 전혀 모르고 모든 가계 일을 남편에게 맡긴다는 **기노시타 요시코** 씨.
- 같은 직장에서 일하던 남편과 결혼했지만 남편은 오로지 일에만 전념하고 가정 일은 신경 쓰지 않았다는 주부 **도조 유코** 씨
- 참가자 중에서 유일하게 정식 직원으로 기업 경리부에서 정년까지 근무했다는 **사와기 노리코** 씨.

이들은 정년 후의 부부 관계나 남편에 대한 생각, 희망사항, 문제점 등과 스트레스 해소를 겸하여 진심으로 인터뷰에 응해 주었다.

친구들에게서 걸려오는 전화가 줄었다

질문 : 어느 날부터인가 남편이 매일 집에 있게 되었다. 그런 경우에 당신의 기분은 어떻겠는가? 그리고 생활 면에서 가장 당황스러운 것은 무엇인가?

전업주부였던 사람은 친구들과의 만남이 부자연스러워졌다고 답했다. 친구들에게서 걸려오는 전화가 줄고, 집에 놀러 오는 사람도 없어졌다. 남편의 정년 때문에 지역 사람들과 친숙해진 친구 관계나 인적 네트워크가 끊어져 가는 것이 안타깝다고 한다.

지금까지는 제각기 교우 관계를 형성해 온 부부가 갑자기 함께 친구들을 만나는 것은 무리가 있다. 처음부터 남편과 아내는 대화를 한다기보다는 아내들의 일방적인 잔소리가 많았다.

화두를 연 사람은 키가 크고 행동력과 사교성이 있어 보이는 듯한 다케다 씨이다. 홈 파티를 매우 좋아한다는 다케다 씨는 자기와는 정반대의 성격을 가진 남편이 매일 집에 있게 되면서 많이 침울해졌다.

다케다 : 제 남편은 65세지만 정년이 조금 길어져서 2년 전에 퇴직했습니다. 남편은 취미도 없고 친구도 없습니다. 그래서 남편이 정년퇴직을 한 뒤 6개월 정도는 내가 우울했지요. 가만히 앉아 있을 뿐 아무것도 할 것이 없기 때문에 서로 쳐다보고 있는 것이 괴로워서 견딜 수가 없었어요. 게다가 남편이 계속 집에 있으니 친구들의 전화도 점점 줄어들더군요.

나는 남편보다 두 살 연하지만 아직까지 일도 하고 있고 자원봉사 활동도 하고, 주민 센터에서 운영하는 수업에도 참석합니다. 여러 사람들과 사귀고 교우하는 것이 즐거웠고, 그것을 통해 내가 살아 있다는 느낌을 받았는데, 그것이 제약을 받으니 정말 괴로운 일이었어요. 다행히도 올해부터는 남편이 일주일에 두 번 정도 일을 하게 되어서 서로가 너무 행복합니다.

우스이 : 그래요. 친구들의 전화가 줄어드는 것은 나도 슬펐어요. 전화가 걸려 와도 "남편 있니?"라고 묻고, "응." 하고 대답하면 "다음에 다시 전화할게." 하고는 끊어 버립니다. "남편이 있어도 괜찮아."라고 말했지만 역시 신경이 쓰이고, 오랫동안 통화를 하려면 나부터도 남편의 눈치가 보이죠. 남편이 집에 있으면 마음 편히 수다를 떨 수 없다는 게 정말 불편합니다.

기노시타 : 나는 남편이 정년이 되었을 때 가장 먼저 무선 전화기를 구입했어요. 그리고 친구들이 전화를 걸면 무선 전화기를 가지고 다른 방에 가서 통화를 했답니다. 전화는 그렇게 해결했지만 친구들이 놀러오지 못하고, 친구들을 부를 수도 없게 된 것은 견디기 어려웠어요.

다케다 : 지금까지 집은 '나의 집'이었는데 '우리의 집'이 되어 버린 느낌입니다. 예전엔 평일 점심 시간이면 친구들과 요리나 과자를 가지고 모여 가벼운 홈 파티 등도 자주 열었지만 그런 즐거움도 모두 없어져 버렸죠. 한번은 억지로 남편을 동석시켰는데 남편은 나중에 "지옥 같았어."라고 불평하더군요. 친구들 또한 긴장해서 밥도 제대로 먹지 못했다고 하더군요. 그날 결심했죠. 앞으로는 친구들과의 모임에 절대로 남편을 동석시키지 않겠다고.

지금은 친구들을 집으로 부르고 싶을 때는 남편을 영화관에 보냅니다. 그래야 남편이나 친구들이 서로 마음이 편할 테니까요. 남편이 밖에서 일을 끝내고 "이제 들어가도 되겠어?" 하고 전화를 할 때까지 여유를 가지고 즐길 수 있습니다. 하지만 매번 남편을 밖으로 보낼 수는 없기 때문에 제 취미인 홈 파티도 상당히 많이 줄었죠.

수다를 싫어하는 남편으로서는 처음 만나는 여성들과 함께 있는 것이 고통스러운 일이겠지요. 집에서도 내가 백 번 떠들면 한 번 정도 말할까 말까입니다. 나만 늘 혼자서 지껄이는 것 같아요.

우스이 : 저도 그래요. 어떤 이야기를 해도 쇠 귀에 경 읽기입니다. 반응이 전혀 없어요. 심지어 남편은 자기 방 문 앞에 '출입 금지'라고 써 붙여 놓았어요.

기노시타 : 우리 부부가 대화를 할 때는 어떤 일을 상담하거나 반드시 결정해야 할 일이 있을 때죠. 그때만큼은 남편도 대답을 잘합니다. 우리집은 결정권이 남편에게 있기 때문에 모든 일을 남편과 상담합니다.

사와기 : 나는 남편이 가만히 있는 것을 참을 수 없어서 말을 걸지만 전혀 반응이 없어요. 대화는 항상 내가 질문하는 식이죠. "오늘 저녁 약속 있어요?" 하면 "응.", "몇 시가 좋아요?" 하고 물으면 "아무때나."라고 대답합니다. 우리는 회사 동기로 작년에 정년퇴직할 때까지 함께 일했어요. 전 늘 재미있는 말로 직장 동료들에게 기쁨을 주는 일이 즐거웠어요. 집에서도 그 서비스정신을 발휘해 보지만 매번 혼자 중얼거리는 꼴이 되고 맙니다.

취미는 함께하고 싶지 않다

일을 그만둔 사람들에게 정년 후의 긴 세월을 활기차게 보내기 위해 어떤 취미를 가질 것인가하는 점은 언제나 큰 관심사다. 부부가 공통의 취미를 갖고 함께하는 것이 좋다고는 하지만, 아내와 남편이 취미가 다른 경우가 많고, 설령 취미가 같아도 매일 얼굴을 마주치는데 취미까지 함께하고 싶지는 않다는 생각이 지배적이다. 이러한 생각은 아내나 남편이나 같다.

매우 상냥하고 헌신적인 아내 기노시타 씨는 등산을 즐긴다. 남편과 취미가 같지만 일부러 다른 모임에 가입하여 남편과 함께 가는 것을 피한다. 좌담 참가자 중에서 유일하게 남편과 맞벌이를 하여 가정을 꾸려온 사와기 씨는 남편이 자신과 보조를 맞추지 않는 것이 싫어서 자신의 정년퇴직과 동시에 걷기 운동을 그만두었다. 다케다 씨는 남편과 같은 연극을 보러 가지만 일부러 다른 자리에 앉는다.

남편이 집에 머무는 시간이 늘면서 일본의 부부들은 함께 행동하는 것이 익숙하지 않다는 것을 절실하게 깨닫고, 서로 다른 취미와 장소로 엇갈려 나가려고 한다. 그래서 서로 숨막힐 것 같은 답답함에서 탈출하려고 하는지도 모르겠다.

다케다 : 남편은 전혀 말이 없으며, 이렇다 할 취미도, 친구들도 없습니다. 그래서 남편과 공통되는 이야깃거리가 전혀 없어요. 굳이 취미를 찾자면 전통 연극을 관람하는 정도라고나 할까요. 함께 가부키(에도 시대에

발달하고 완성된 일본 특유의 민중연극)나 인형극을 보러 가지만 표를 살 때는 각각 떨어진 좌석을 구입합니다. 연극을 보러 가는 길도, 집에 돌아오는 길도 따로따로입니다. 집에 돌아와서도 별다른 이야기를 나누지 않습니다. 우리 부부는 함께 걷는 것 자체를 싫어하여 쇼핑도 혼자 하는 경우가 많습니다. 슈퍼마켓에서 친구들과 마주쳤을 때 남편이 곁에 있으면 아는 체를 하지 않으므로 주로 혼자 갑니다.

기노시타 : 제 취미는 원예와 산책입니다. 남편도 젊었을 때부터 산책을 즐겼지만 함께 걷는 경우는 없습니다. 모임도 서로 다릅니다. 남편이 퇴직한 뒤에 한두 번 정도 함께 가자고도 해 보았지만 함께 걷는 것 자체가 매우 낯섭니다. 걸으면서도 거의 말을 하지 않아서 각자 친구들과 함께 걷습니다. 남편 퇴직 후 일 년을 함께 지내면서 완전히 지칠 대로 지쳐 버렸습니다. 만일 취미까지 함께해야 한다면 도저히 견딜 수가 없을 거예요.

사와기 : 남편은 예전부터 생각해 온 일도 있고 해서 건강을 위해 걷기 운동을 했습니다. 정년퇴직을 하고 난 뒤 건강을 위해서 매일 걸었지요. 그러다가 내가 퇴직을 하자 바로 그만두었습니다. 왜 그만두었는지 물어도 대답도 하지 않고 말입니다. 전에 딱 한 번 함께 걸었던 적이 있는데 서로 보조가 맞지 않았어요. 내 걸음이 늦어서 신경이 쓰였는지 남편이 걸음걸이를 늦추었는데 그것이 유쾌하지 않았던 것 같습니다. 걷기 운동을 그만둔 것도 내가 함께 걷자고 할까 봐 싫어서 그런 건 아닌가 생각하고 있습니다.

도조 : 남편은 외출을 좋아합니다. 집에서 조금 떨어진 곳에 작은 농원을

빌려서 채소를 심고 가꾸기 때문에 조금만 틈이 나면 바로 밭으로 달려가죠. 역사 탐구를 좋아해서 오래된 마을의 내력을 조사하러 다니거나 유적지를 방문하기도 하고요. 취미가 같은 친구들도 있는 것 같지만 나는 돌아다니는 것을 별로 좋아하지 않아서 주로 집에 있습니다. 남편과는 취미가 완전히 다릅니다.

사와기 : 남편이 외출을 좋아한다니 정말 부러워요! 나는 우리 남편이 외출하는 것이 소원이에요.

다케다 : 저도 그래요. 무슨 일이든지 남편 혼자서 외출했으면 좋겠어요.

도조 : 그렇다고 집에 있을 때 무슨 말을 하기를 하나, 그저 아무것도 하지 않고 거실에 앉아서 텔레비전만 보거나 신문만 읽다가 식사가 준비되어야만 식탁으로 옵니다. 그게 다예요.

점심식사 준비의 번거로움

아침, 점심, 저녁, 아침, 점심, 저녁……. 계속 반복되는 매일의 식사 준비, 이것도 주부들에게는 큰 어려움 가운데 하나다. 남편은 그것이 아내의 당연한 의무처럼 식탁 앞에 가만히 앉아서 기다릴 뿐이다. 심지어 아내가 외출할 때조차도 식사 준비를 마치고 외출하는 것을 당연하게 여긴다. 번거롭다고 생각하면서도 '당신이 알아서 챙겨 드세요' 하고 뿌리칠 수도 없는 아내들…….

가정을 위해서 최선을 다하다가 몸까지 상해서 병원에 입원했던 사와기 씨는 다음과 같이 말한다. "나 역시 '낡은 가치관'을 가진 사람이라 그런지 집안일은 여자가 하는 것이라는 생각을 버릴 수 없었습니다. 하지만 남편 역시 고지식해서 지금까지의 생활을 변화시키지 못하고 있습니다. 결혼한 뒤로 남편은 오로지 일에만 전념했어요."

집안일을 도맡아서 관리해 왔다는 도조 씨는 정년퇴임 후에도 집안일은 나 몰라라 하는 남편을 보고 '남편이 없어도 생활하는 데 조금도 지장이 없다'고 냉정하게 말한다. 지금의 유일한 해결책은 남편이 다시 어떤 일을 시작하는 것.

우스이 : 정말 작은 일이라도 해 주기를 바랍니다. 특히 요리를 해 준다면 좋겠지요. 일주일에 한 번 정도는 맛있는 요리를 만들어 주었으면 좋겠는데 남편은 해 보려는 생각조차 하지 않아요. 스스로 식사 준비를 못하니 내가 외출할 때는 미리 식사 준비를 해야 하죠. 정말 번거롭고 귀찮아요.

기노시타 : 그래요. 남편의 퇴직 후 가장 번거로운 일은 점심 준비죠. 나혼자라면 남은 음식이나 빵으로 간단히 해결하겠지만 남편이 있다는 이유만으로도 그럴 수 없고요. 간단한 국수라도 만들어야 하고, 아침 설거지가 끝나면 바로 점심 준비하고, 조금 지나면 바로 저녁식사를 준비해야 하니 하루 종일 식사 준비만 하고 있는 기분입니다. 너무 피곤해요. 밖에서 먹고 오라고 말도 못하겠고요. 우리 남편은 스스로 '남자들의 요리 교실'까지 다녔는데도 집에서는 아무것도 하지 않으려고 해요. 뭣 때문에 요리학원에 다녔는지 모르겠어요.

도조 : 나는 친구들의 조언을 새겨듣고는 남편에게 용기를 주고 자주 칭찬을 해서 일주일에 한 번 정도는 청소만이라도 해 달라고 부탁했어요. '도와줘요', '도와줘서 너무 기뻐요' 하고 자꾸 칭찬했더니 내가 일을 시키는 것이 싫으면서도 도움을 요청하면 곧잘 도와줍니다. 그렇지만 요리는 하지 않아요. 언젠가 일부러 생선구이를 해 달라고 하면서 '나는 생선 굽는 데 서툰데 당신은 정말 잘하네요' 하고 부추겼더니 이제는 생선만큼은 남편이 굽게 되었어요.

사와기 : 우리는 맞벌이를 했지만 집안일은 내 차지였습니다. 나도 전쟁 전에 태어난 세대인지라 낡은 사고방식을 가지고 있어서 남편에게 무언가를 시키기가 미안했어요. 그러다가 남편이 먼저 정년퇴직을 하게 되었는데, "지금까지는 당신이 계속 가사를 돌봐주었으니 이제부터 집안일은 시간이 있는 내가 모두 할게." 하더군요. 그리고는 정말 내가 정년이 될 때까지 3년간 모든 집안일을 해 주었어요. 그 후 나도 정년퇴직을 하게 되었고, 3년간 빚진 기분을 갚으려고 최선을 다해 노력했지요. 결국 그때 몸이 쇠약해져서 입원까지 하게 되었지만 말이에요.

회복하는 데 6개월 정도가 걸렸는데 남편 역시 옛날 사람인지라 집안일은 당연히 아내 몫이라고 생각하죠. 그러면서도 자신은 줄곧 아내의 일을 도와주고 있다고 생각하더군요. 3년 동안 집안일을 도맡을 때도 그랬어요. 우리는 대화를 하긴 하지만 오래된 사고방식은 변하지 않습니다. 요즘 제가 외출할 때 식사 준비를 잘 해 놓지 않으면 기분이 나쁜 모양입니다. 식사 준비가 잘 되어 있으면 기분 좋게 배웅합니다.

도조 : 제 남편은 젊었을 때부터 아침 일찍 회사에 출근해서는 밤늦게 돌

아왔기 때문에 집안일은 내가 모두 도맡아 했습니다. 천정에 달린 전구를 교체하는 일도 모두 내 몫이었죠. 이렇게 말하면 빈축을 사겠지만 남편이 없어도 생활하는 데 전혀 곤란하지 않습니다. 물론 쓸쓸하기는 하겠지만……. 그 정도로 남편은 아무 일도 해 주지 않았습니다. 남편은 아침에 일찍 일어나도 신문만 읽을 뿐 내가 아침을 차리는 것을 가만히 기다리고 있습니다. 점심때가 되면 또 식사 준비하는 나를 가만히 쳐다보고만 있지요. 남편이 식탁에 앉아서 기다릴 때면 재촉당하는 느낌이 들어서 준비하기가 싫어져요. 그런 내 마음을 아는지 모르는지 늘 식사가 준비되길 기다리고 있을 뿐입니다.

기노시타 : 아무 일도 않고 식사가 준비될 때를 기다리고 있다는 것은 짜증나는 일이에요. 요리를 직접 하지 않는 건 그렇다 쳐요. "오늘 이 요리를 먹는 건 어때요?" 하고 물었을 때 "좋아. 먹고 싶었어." 정도의 관심만 보여줘도 좋겠어요. 무엇을 만들어도 무관심하다면 만들어 주고 싶은 의욕마저 사라지는 법이죠. 아내의 의무는 당연히 밥을 해 주는 것이라고 생각하는 건 참을 수가 없어요.

남자는 쉽게 화를 낸다

약간의 잔소리를 들었다고 짜증을 부리거나 쉽게 화를 내지 말아 달라는 것이 아내들의 공통적인 바람이었다. 아내들은 남편들이 화를 내기 전에 알아서 져 주지만 남편의 일방적인 억압은 아내들을 우울하게 만들 뿐이다.

사와기 씨는 36년 만에 처음으로 폭발했다고 한다. 오랫동안 사회생활을 하면서 참는 일에 익숙해졌지만 두 사람 모두 정년퇴직 후 아주 조그만 일로 폭발해 버리고 말았다고 한다.

기노시타 씨는, "오늘 뭐가 먹고 싶어요?" 등의 별 뜻 없는 대화가 성립하는 것만으로도 즐겁게 식사 준비를 할 수 있게 된다고 말한다. 이렇게 작은 일에 감동받는 아내들의 마음을 가부장적 세대의 남편들도 알아야 할 필요가 있다.

기노시타 : 남편은 집에서 아무 일도 하지 않지만 이제는 더 이상 바라지 않습니다. 만일 내가 먼저 죽는다 해도 '내가 없으면 남편 혼자 어떻게 살까' 하는 걱정 따위는 하지 않습니다. 남편은 아무것도 하지 않으면서, '당신이 먼저 죽는다 해도 결코 곤란하지 않아' 하고 말합니다. 남편은 젊었을 때 언제나 나를 먹여 살리고 있다는 말을 자주 했죠. 그때는 그 말이 분해서 싸움도 했고 억울해서 잠을 못 자기도 했지만 지금은 그것도 성격 차이라고 생각하며 포기하고 살고 있습니다. 지금도 가끔 '나쁜 놈'이라는 생각은 들지만 이제는 어쩔 수가 없어요.

사와기 : 저는 가정도 작은 사회라고 생각해요. 그래서 어지간한 일이 아니면 말대답을 하지 않고 풍파를 일으키지 않으려고 노력했어요. 그런데 얼마 전에 결혼해서 36년 만에 처음으로 싸움을 했습니다.

도조 : 예? 결혼해서 36년 만에 처음으로 싸웠다고요? 너무 많이 참고 살아온 것 아니에요?

사와기 : 맞아요. 딸아이도 그렇게 말하더군요. 엄마는 지금까지 왜 참고만 살아왔느냐면서, 제발 화 좀 내라더군요. 친구들도 왜 자신의 주장을 내세우지 않고 하고 싶은 말도 참고만 있느냐고 답답해 하더군요. 제가 남편과 싸운 것은 사소한 일이었어요. 남편의 부탁으로 지인들의 주소록이나 연하장 등 오래된 서적을 정리하고 있었는데 남편이 자신의 생각대로 정리하지 않는다고 책망을 했어요. 나는 일단 내게 맡겨 놓았으면 그냥 놔두라고, 맡겨 놓고선 그렇게 심한 말로 꾸짖는 것은 아내에 대한 도리가 아니라고 했지요. 그렇게 화내는 것은 잘못된 일이라고요. 내가 남편 말에 심하게 반발한 것은 그때가 처음이었어요. 남편도 화가 났던지 앉아 있던 의자를 발로 차고 마시고 있던 술을 쏟아 버리더군요. 그 모습을 보고 나는 완전히 이성을 잃었었어요. 36년간 참아 왔던 마그마가 한순간에 폭발해 버린 거죠. 나는 남편에게 그런 언동은 너무 심하다, 언제나 일방적으로 나를 책망해 왔다고 울면서 의자를 발로 차고 심하게 화를 냈어요. 서류 정리 따윈 아무런 상관이 없었어요. 어쩌면 그 순간 36년간 참아 왔던 억울함을 한꺼번에 표현했는지도 모르겠습니다.

도조 : 남편께서 깜짝 놀랐겠네요. 지금까지 한 번도 화를 내 본 적이 없는 아내가 울면서 심하게 화를 냈으니까요. 그리고 나서 남편이 조금이라도 바뀌었나요?

사와기 : 그때 남편은 어째서 화를 내느냐고 중얼거리면서 나를 달래려고는 하지 않고 무언가 생각하는 듯하더군요. 그러더니 '지금까지 당신은 가족의 평화를 위해 모든 것을 양보하고 늘 참고 지내왔는데 내가 이렇게 화나게 하는 결과를 초래했구나' 하고 말하더군요.

기노시타 : 남자라는 사람들은 너무 쉽게 화를 내는 습관이 있습니다. 제 남편은 간섭당하는 것을 워낙 싫어해서, 명령하는 투로 말하는 것이 아닌데도 "명령하지 마." 하고 화를 냅니다. 외출할 때 "다른 양복을 입고 가세요."라고만 해도 "일일이 간섭하지 마." 하고 짜증을 내죠. 또, "조심해서 다녀오세요."라고 하면 "시끄러워!" 하고 말을 막습니다. 진심으로 걱정해서 하는 말인데도 화만 냅니다.

우스이 : 내 남편도 "당신의 말투는 언제나 기분 나빠." 하고 화를 냅니다. 정말 아무것도 아닌 일에 화를 내는 남편을 보면 나도 화가 납니다.

다케다 : 여성이라면 별로 화낼 일도 아닌데 남자들은 화를 잘 냅니다. 어째서 벌컥 화를 내는지 몰라요. 그 꼴을 보면 나도 울화통이 터져요.

사와기 : 나도 어떻게 해서든 남편을 높여 주려고 합니다만 어쩔 수가 없어요. 결혼한 우리 딸 부부와 함께 외식을 하거나 외출할 때 나는 남편에게 "잘 먹겠어요." 하고 애교를 부립니다. 식사 비용은 내 연금으로 계산하면서도 말이죠.

국내 여행은 친구들과, 해외 여행은 남편과

정년퇴직을 하면 지금까지의 생활을 속죄하는 의미에서 아내와 해외 여행을 하겠다고 계획하고 있는 남성들이 있다고 한다. 그렇다면 아내들의 생각은 어떨까?

아내들의 이야기를 들어 보면 역시 해외 여행은 남편과 함께 가는 것이 힘이 덜 들고 마음도 편안하다는 의견이 많다. 그 이유는 대부분의 해외 여행이 패키지 관광이어서 부부끼리만 따로 있는 시간이 적기 때문이다. 진귀한 볼거리가 많으면서도 함께하는 여행객들이 있어서 부부 간에 대화가 없어도 여행을 즐길 수 있다. 남편에게 어떤 이야기를 해도 반응이 없다는 우스이 씨도 해외 패키지 관광이라면 함께 갈 수 있을 것이라고 말한다. 차를 타고 이동할 때나 색다른 경치를 바라볼 때 나란히 앉아 같은 방향을 바라보는 편이, 차라리 대화 없는 남편과 집에서 하루 종일 얼굴을 맞대고 있는 것보다 훨씬 재미있을 것 같다고 한다.

반면 국내 여행은 남편보다는 여자친구들과 가는 편이 수다 떨기에도 좋고 쇼핑을 하기에도 좋다는 것이 모든 아내들의 진심이다.

도조 : 남편과 단둘이 여행하면 재미가 없습니다. 대화 없이 묵묵히 있거나, 기분이 나빠서 화를 내거나 둘 중 하나죠. 그치만 다른 부부들과 함께 패키지 관광 여행을 하면 대화도 할 수 있고, 남편도 다른 사람들의 눈치 때문에 불쑥 화를 내지 못해 즐거운 여행이 될 수 있습니다.

우스이 : 우리 부부도 정년퇴직 후 처음으로 해외 여행을 갔을 때 같은 여행사를 통해서 함께 간 두 쌍의 부부와 연락을 하고 지냅니다. 모두들 그때 처음 만났지만 무척 즐거운 여행이었습니다. 남자들은 남자들끼리 어울리고, 여자들은 여자들끼리 어울려 남편의 흥을 보면서 한참 수다를 떨었죠. 남편과 둘이서 여행을 했다면 도저히 맛볼 수 없는 즐거움이지요. 원래 남편은 단체 행동을 싫어해서 해외 관광 여행을 가고 싶어 하지 않았지만 처음 함께 간 멤버들과 마음이 잘 맞았는지 이제는 관광

여행도 나쁘지 않다고 생각하는 모양입니다. 저는 두통이 있어서 몸이 좋지 않은 날은 하루 종일 쉬고 싶은 날도 있는데 그래서 해외 여행은 남편과 함께 가는 것이 편합니다. 친구들에게 폐를 끼치는 것도 싫고요. 하지만 국내 여행은 여자친구들끼리 가고 싶습니다. 쇼핑할 때 남편과 함께 있으면 신경이 쓰이니까요. 길가에서 신선하고 싼 채소를 사는 식의 쇼핑은 남편과 함께라면 불가능하지만 여자친구들끼리는 함께하는 즐거움을 느낄 수 있습니다.

기노시타 : 저도 국내 여행은 여자친구들끼리 가는 것이 좋습니다. 언어에 대한 공포도 없고, 맛있는 것을 먹으며 왁자지껄 떠드는 것이 무엇보다 즐겁죠. 하지만 해외 여행은 역시 남편과 가는 것이 편안합니다. 나도 몸이 약하기 때문에 숙소를 한곳에 정해 놓고 몸이 피곤하면 쉬어야 합니다. 남편은 편리하고 즐거운 해외 여행지가 어딜까 하면서 열심히 찾아보고 있는 중입니다.

다케다 : 나는 혼자서도 해외 여행을 갑니다. 스스로 항공권을 구입하고 호텔을 찾아갑니다. 화려한 호텔이 아니어도 좋고, 친구 집에 머무는 경우도 있습니다. 언젠가 딱 한 번 남편과 여행을 갔을 때 숙소를 내 친구 집으로 정했는데, 남편은 아내가 주도적인 것이 싫었던가 봐요. 그 뒤로는 대부분 남편 이름으로 모든 것을 예약하곤 합니다. 그래서 나는 남편과 함께 관광 여행을 가는 것이 즐겁지 않습니다.

사와기 : 그렇지만 남편은 함께 가고 싶다고 말하지 않나요?

다케다 : 함께 가고 싶어 하죠. 친구들도 없고, 혼자 여행할 용기도 없기 때문에 언제나 함께 가고 싶어 합니다. 그래서 하나 있는 아들이 함께

간다고 하면 무척 좋아합니다. 이젠 남편이 나 말고 아들과 함께 여행을 했으면 좋겠어요.

건강해 주기만을 바란다

집안일은 아무것도 하지 않는 남편. 말을 걸어도 제대로 대답하지 않는 남편. 그런데 어째서 함께 있는 것일까? 전에는 어떤 부부이기를 원했는가?

아내들은 지금 남편이 크게 변하는 것은 기대하지 않는 듯하다. 그보다는 두 사람의 차이를 서로 인정하고 각자의 즐거움을 발견하면서 건강하게 있어 주면 된다는 생각이 더 강하다.

퇴직한 지 1년이 되지 않은 사와기 씨는 아직까지 부부의 균형을 모색하고 있는 중이다. 정년퇴직으로 일이 없어지면서, 지금까지 함께 지낸 3, 40년과는 완전히 다른 부부 관계를 만들어 가는 것이 매우 어려운 일인지도 모른다.

아내들은, 남편이 아주 조금이라도 집안일을 도와주고 사소한 일에 화를 내지 않기를 바라는 작은 희망조차도 뜻대로 되지 않지만 혼자되는 일의 쓸쓸함을 생각하면 지금처럼 건강하게 있어 주는 것만으로도 만족한다고 한다.

'남편의 존재를 한마디로 말하면?' 이라는 질문에 '안심' 이라는 대답이 거의 대부분을 차지했다. 아내들은 여전히 만약의 일이 생겼을 때 남편이 리더십을 발휘하여 확실하게 결정해 줄 것이라고 믿고 있다. 아무리 불만이 많아도 이 세대의 남편들은 역시 의지할 수 있는 존재임에 틀림없다.

다케다 : 나는 남편보다 내가 조금 일찍 죽기를 바랍니다. 쓸쓸함을 잘 느끼는 성격이라서 혼자 남겨진다는 것은 정말 싫습니다. 함께 있어도 말 한마디 하지 않는 공기 같은 남편이지만 있는 것과 없는 것은 완전히 다릅니다. 남편은 혼자 남겨져도 씩씩하게 자기 할 일을 찾아서 할 사람입니다. 딸네 집에 가서 함께 살든가, 집을 팔아 실버타운에 들어가든가 어쨌든 본인이 좋은 대로 할 사람입니다. 하지만 유감스럽게도, 남편이 나보다 나이가 많아서 내가 남겨질 가능성이 더 높습니다.

도조 : 제 남편은 집안일엔 아예 관심조차 없어서 남편이 없다 해도 크게 불편한 일은 없지만 그래도 역시 장수하기를 바랍니다. 한 번은 갑자기 쓰러져서 구급차에 실려 병원에 갔던 적이 있었는데 큰일은 아니었어도 정말 깜짝 놀랐었습니다.

우스이 : 저는 남편이 정년퇴직한 주변 사람들 중에 미망인이 된 사람들이 많다는 사실에 깜짝 놀랐습니다. 현역에 있을 때는 활동적으로 열심히 일하다가 정년퇴직 후 갑자기 병에 걸렸다든가 돌아가셨다는 주변 사람들의 소식을 들으면 건강한 남편과 사이좋게 살고 싶다는 생각을 하게 됩니다.

기노시타 : 나는 내 남편보다 오래 살고 싶어요.

도조 : 떠나보내는 것이 아내의 책임이라고 생각하나요?

기노시타 : 아니요, 그런 건 절대 아닙니다. 내가 혼자가 되면 주위에도 혼자 된 친구들이 많을 테니 서로 같은 상황이라서 마음 편히 놀 수 있잖아요.

다케다 : 확실히 내 주위에도 혼자된 친구들이 많아요. 남편이 정년퇴직을 한 뒤에 이혼해서 혼자가 된 여성도 많고요.

사와기 : 나는 퇴직한 지 오래되지 않아서 그런지 남편의 마음이 어떤지 알 수가 없어요. 남편이 자신만의 세계를 확실하게 구분 지을 생각이 있는지, 노후에 아내와 함께 시간을 보내고 싶은지 물어보는 것도 남편에게는 괴로운 일이 아닐까 싶어요. 남편과 해외 여행을 갔을 땐 서로 함께 행동하는 것을 재미있어했지만 평상시에는 좀처럼 얼굴을 마주하고 대화를 나눈 적이 없어서…….

다케다 : 우리 집도 퇴직하고 나서 1~2년은 전혀 몰랐어요. 하지만 요즘 나와 남편은 노는 방법도, 사람들과 사귀는 방법도 완전히 다르다는 것을 알았죠. 남편은 나처럼 산책을 하거나 사람과 만나는 일을 정말 싫어합니다. 그래서 나도 억지로 권하지 않고 남편 혼자 방에 가만히 있게 놔 두거나 혼자서 외출하곤 하죠. 난 그것이 남편을 위한 일이라고 생각해요.

도조 : 우리 부부도 그래요. 남편은 젊었을 때부터 자신이 좋아하는 취미나 범위 안에서 행동하고, 나는 내가 정한 범위 안에서 움직였어요. 남편이 같이 가자고 하면 함께 가는 일은 있었지만 기본적으로는 각자 행동합니다. 예전부터 그렇게 살아왔기 때문에 앞으로도 각자 건강하게 좋아하는 일을 하면서 살기를 바랍니다.

오랜 세월에 걸쳐 익숙해진 가치관은 중요하다

남편과 아내는 각각 맡은 역할이 끝난 뒤에는 어떤 관계를 이루어 가는 것일까?

이것은 정년 후의 부부들에게 가로놓인 큰 문제다. 이 세대는 크게 역할 분담이 바뀌는 것이 아니라 조금씩 이해함으로써 즐겁게 살아간다. 잔소리를 해도 상대가 쉽게 변하지 않는다는 것을 알고 있다. 참을 수 있는 것은 참고, 각자가 어떤 즐거운 일을 발견하면 서로에 대한 이해심이 생겨서 좋은 관계를 유지하려고 노력한다. 그 이유는, 앞에서 사와기 씨가 말했듯이, 부부가 함께 오랫동안 익숙해져 온 가치관이나 생활습관이 변하지 않고 남아 있기 때문이다. 예를 들면, '오늘 식사는 누가 준비하지?' 라는 일상의 한순간 한순간을 부부가 옥신각신하지 않고 아내들이 끝까지 책임을 다하고 있다.

이 세대의 아내들은 남편에게 많은 것을 바라지 않기에 남편 스스로 자신의 일을 챙기거나 아내들이 외출할 때 기분 좋게 외출할 수 있도록 해 주는 것만으로 충분하다. 사회 생활을 할 때처럼 당연히 아내가 모든 것을 해 주어야 한다는 생각이 아니라, 자신이 사회에서 은퇴했으므로 가사를 조금이나마 도와주고 아내에 대한 관심을 표시하는 것만으로도 아내들은 지금까지의 관계를 유지하려고 한다. 또 이 시대의 부부들 대부분은 부부 단위로 행동하는 것이 익숙하지 않기 때문에 '부부가 함께 외출하는 것은 어쩐지 신경이 쓰이고 유쾌하지 않다', '자유롭게 행동할 수 없다', '대화가 없어서 귀찮다' 고 생각한다. 이러한 생각은 특히 여성들에게 많지만, 남성도 아내의 친구관계에 무리하게 끼어들거나 여성들의 수다에 끼어드는 것은 부담스러워하고 있다. 하지만 해외 여행 등 일상과는 전혀 다른 곳에서 각각의 역할에서 해방되어 보면, 서로가 알지 못했던 면을 발견하거나 서로의 입장에서 생각해 볼 수 있는 기회가 만들어진다. 이를 계기로 남아 있던 감정의 찌꺼기가 긍정적인 관계로 전환되는 경우도 있다. 부부가 취미를 같이하고, 가끔 여행을 함께함으로써 공통의 체험이나 추억을 쌓아 보는 것은 어떨까?

06

부 부 의   행 복 한   형 태

남녀 모두 부부의 역할 분담에 얽매이지 않고
상황에 따라서 움직이는 유연함이
부부가 동지 의식을 갖는 적합한 열쇠가 된다.

부부의 행복한 형태

좋은 부부 관계의 포인트를 찾는다

부부 관계는 매우 복잡하고 미묘하다. 궁합, 각자 자라온 가정환경 등이 저마다 다르므로 '좋은 부부'라고 단정하는 기준도 명확하지 않다. 어느 것이 좋은 부부 관계이고 어느 것이 나쁜 관계라고 단정하기보다는, 남편과 아내의 뜻이 맞고 두 사람 관계에서 균형이 잡혀 있으면 행복한 관계가 될 수 있다.

지금부터 소개하는 〈유형 1〉의 부부는 '역할 분담 부부'라고 부른다. 기본적으로는 남편과 아내가 각각 경제와 가사를 분담하고, 보호하는 쪽과 보호를 받는 쪽이라는 깔끔한 형식이 성립되어 있다. 남편이 아내에게 군림하려는 욕구가 강하기 때문에 남편도 가정을 소중히 여기고 아내나 자식에 대한 관심이 많다. 남편을 존중하는 아내와 가정을 지키는 남편이 서로의 영역에 쓸데없는 말참견은 하지 않고 서로의 역할에 감사하는 마음을 가지면서 믿음직스러운 관계를 이루어 가고 있다.

아내가 강하게 보이는 이른바 '가카아 덴카'(かかあ天下, 집안에서 남편보다 아내가 권력을 쥐고 뽐냄. 반대말은 데이슈칸파쿠)도 본질적으로는 이 타입에 가깝다고 할 수 있다. 아내가 강하다고 해도, 가정 안에서만 그런 것일 뿐 샐러리맨 가정에서는 강한 여성에 억눌려 사는 남성을 찾아볼 수 없었다. 이는 남편이 아내의 영역인 가정에서의 실권을 아내에게 완전히 맡김으로 서로의 균형을 잡아 가는 것으로 해석된다.

〈유형 2〉와 〈유형 3〉의 부부는 기본적으로 부부가 함께 일하며 각각 경제적·정신적으로 자립하고 있다. 남편도 가사나 육아를 책임지며, 서로 협력함으로써 일에 동기를 부여하고 가족의 생활을 유지해 나가는 '동지' 같은 감정이 싹트고 있는 것이다. 배우자에 대한 존경심과 관심이 높아지고 서로의 존재가 믿음직한 삶을 이루어 나가기 위한 버팀목이 되고 있다. 이들을 '동지적 부부'라고 부른다.

인터뷰에 참가한 각각의 부부들은 저마다 고유의 문제나 조건을 가지고 있다. 자세히 살펴보면 서로 닮은 부분도 있고, 부부 관계가 변화하고 있는 중이어서 단순하게 분류할 수 없는 경우도 있다.

이 책의 목표는 부부 관계를 유형화하는 것이 아니다. 단, 100쌍의 부부들을 긍정적인 방향과 그렇지 않은 방향으로 나누고, 그들 나름의 공통 사항을 발견하는 것이다. 그리고 그것을 대략 유형화함으로써 보다 구체적으로 드러나면, 각각의 유형의 부부들이 안고 있는 문제점과, 아울러 좋은 부부 관계를 이루어 나갈 수 있는 포인트를 발견하는 데 있다.

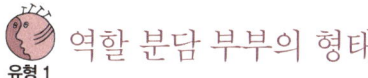

역할 분담 부부의 형태

아내는 이상적인 현모양처 스타일

"목욕을 마치면 입을 옷을 준비해 준다. 아내는 그렇게 고풍스러운 여자다."

아주 즐거운 표정으로 자랑을 하고 있는 후지이 씨는 57세의 은행원이다. 세 살 연하의 아내와, 회사를 다니고 있는 맏딸, 대학생인 아들과 함께 자신의 부모님을 모시고 사는 6인 가족이다. 부모님과 함께 산 지 벌써 19년이 지났다.

맏아들인 후지이 씨는 아버지의 건강이 악화되자 부모를 모시는 것을 당연한 일로 생각하고 부모님과 함께 살기로 결정했다. 그 뒤로 19년간 고부간의 갈등이 일어났던 적은 한 번도 없었다. 고부간의 갈등 없이 잘 지내는 것은 전적으로 아내의 희생 때문이다. 어머니 또한 며느리에게 신경을 쓰고 있다.

"아내와 살고 있는 것에 감사합니다."

후지이 씨가 좋아하는 타입은 '겸손하고 현명하고, 겉보기에도 여리고 내가 없으면 안 될 것 같은 가녀린 사람'이다. 그의 아내는 바로 그러한 이상적인 여성으로, 부부 금슬이 좋다.

겸손한 아내는 웬만해서는 자신의 속내를 거의 드러내지 않는데, 후지이 씨가 생각하기에는 아내가 잘 참아내는 것이라고 생각한다. 후지이 씨는 결혼할 때부터 지금까지 변함이 없는, 자신의 이상형인 아내가 여전히 사랑스럽다.

후지이 씨는 집안일은 아무것도 하지 않는다. 집안일은커녕 자신이 챙겨야 할 일도 모두 아내가 보살펴 준다.

아침에 일어나서 양치질을 하고 있으면 아내가 "오늘은 무슨 색으로 할까요?" 하고 양복 색깔을 묻는다. 후지이 씨가 양복을 결정하면 아내는 와이셔츠와 구두를 준비한다. 귀가해서 목욕탕에 들어가면 어느 틈엔가 입을 옷이 준비되어 있다. 아내가 가끔 "당신은 혼자 살지 못해요." 하고 웃으며 이야기하면 후지이 씨도 수긍하며 그런 생활에 만족해 한다. 함께 산 지 오래된 부부 가운데, 이렇게 남편에게 충실한 아내도 드물 것이다.

아내의 부친은 은행원으로 한평생을 바쳤다고 한다. 아내는 아버지와 함께 식사를 한 기억이 거의 없다. 그런 가정환경의 영향을 받았기에, 아내는 남자가 바깥일을 중심으로 살아가는 것이 당연하다는 인식이 있다. 그래서 후지이 씨가 일에 녹초가 되어 귀가가 늦어도 잔소리를 하지 않는다. 물론 아이들에게도 "아버지는 노는 게 아니야. 너희들을 위해 열심히 일하시기 때문에 집에 늦게 오실 수밖에 없는 거야."라고 말한다. 그런 식으로 아내는 집안에 소홀한 아버지의 존재를 아이들에게 확실히 심어 준다. 후지이 씨는 그런 점에서도 아내에 대해 만족한다. 그는 언제나 아들에게 "결혼하려면 너희 어머니 같은 현명한 여자를 선택해라."라고 충고한다.

아내가 정숙하기에 자신이 일방적으로 데이슈칸파쿠(亭主關白, 아내에게 군림하는 남편, 가부장적인 가장)한 남편이 아니라고 그는 말한다.

"아내와는 대학 동아리에서 만났습니다. 나는 선배로서 후배들의 존경을 받고 있었지요. 하지만 아이가 태어나고 엄마가 되면서 강해지고 아내는 나와 대등한 관계가 되었습니다. 서로가 우월하다고 생각하지 않고 친구 같은 부부라서 좋습니다."

후지이 씨는 결혼 이후 가계 살림을 책임지고 있다. 아내에게는 매달 일정액의 생활비를 주고, 남는 것은 모두 자신이 관리한다. 경제적으로도 자신이 우월한 입장에 있지만 한마디 불평도 하지 않고 세밀한 부분까지 신경 쓰며 시부모를 보살피고 생각하는 아내에게 고마운 마음이 넘친다.

"아내는 시부모를 보살펴 드리면서도 자신을 알아주기를 바라지 않아요. 바라는 것도 많지 않고요. 아내의 생일날 비싼 선물을 사 주지 않아도 기쁘게 받아 줍니다. 진짜 현모양처이지요."

사이좋은 부부에게서 생기는 불안

후지이 씨의 아내에게는 한 가지 취미가 있다. 그녀는 어렸을 때부터 '소우쿄쿠(쟁으로 연주하는 기악곡의 총칭)'를 배웠고, 결혼 후에도 계속하고 있다. 결혼할 때도 소우쿄쿠를 배우게 해 달라는 것이 장인 장모의 유일한 부탁이었다.

"자네가 경제적으로 부담이 되지 않으니 우리 딸이 소우쿄쿠를 계속 배울 수 있도록 허락해 주게."

장모님으로부터 이렇게 부탁받았던 후지이 씨는 지금도 그 약속을 지키고 있다. 발표회나 연습을 위해 일요일에 외출할 때도 한 번도 잔소리를 한 적이 없다. 자신의 생각을 고집하지 않는 겸손한 아내에게 있어

소우쿄쿠는 유일한 자기 주장이자 확고한 자신의 세계이기 때문이다. 어쩌면 그것을 계속할 수 있었기에 시부모를 보살피거나 남편을 내조하는 것에 대해 단 한 번도 불만을 토로하지 않았는지도 모른다고 후지이 씨는 생각한다.

후지이 씨는 아내가 '공기' 같다고 말한다. 평소에는 전혀 느끼지 못하지만, 없으면 곤란해지는 절대적으로 필요한 존재.

"만약에 아내가 병에 걸려 먼저 죽는다면 어떻게 될까 하고 상상하는 경우가 있습니다. 재혼을 한다 해도 절대로 똑같은 사람은 만날 수 없을 겁니다. 아마 상당한 충격을 받겠죠."

후지이 씨는 7년 전에 대학 졸업 후 27년간 근무했던 은행에 사표를 내고 외국계 은행으로 자리를 옮겼다. 국내 회사에 있을 때보다 시간적인 여유가 더 생겨서 가족과 저녁식사를 하는 시간이 많아졌다. 부부가 함께 있는 시간이 늘어나자 아내도 기뻐하고 있다. 정말 행복해 보이는 부부다.

하지만 후지이 씨에게도 약간의 불안함은 있다. 정확히 말하자면, 자신의 아내가 황혼 이혼을 절대로 생각하지 않는다고는 자신할 수 없기 때문이다. 물론 후지이 씨는 자신들이 매우 이상적인 부부라고 생각한다. 그러나 한 번도 불만을 내색하지 않는 아내의 마음속 깊은 곳까지는 알 수가 없기 때문이다.

"내가 지금의 상황에 대해 자신있게 생각할 수 있는 것은 아무것도 없습니다. 집안일도, 부모님 일도 일체 책임지지 않고 모두 아내에게 떠넘겼기 때문입니다."

직장을 옮긴 뒤 조금이나마 생활에 여유가 생긴 5년간은 매일 아침 아내에게 "다녀올게."라고 하고는 입맞춤을 하고 출근했다는 후지이 씨. 이들은 결혼한 지 29년이 되는 부부라고는 생각할 수 없을 정도로 사이가 좋다. 아내의 마음을 절대적으로 자신할 수는 없지만 후지이 씨의 마음은 절대적이다.

"바다가 보이는 곳에서 아내와 함께 연금으로 생활하고 싶습니다."

이것이 후지이 씨가 바라는 미래의 모습이다. 아내도 같은 생각을 하고 있는지는 물론 모르는 일이지만 말이다.

기분 좋은 권위적 가장(가부장적 가장)

여성의 취업률이 높아지고 역할 분담이 감소하는 경향이 있다고 해도 아직까지는 남편이 경제를 책임지고 아내가 모든 가사를 담당하는 것이 일반적인 현상이다. 하지만 겉으로는 서로가 만족하고 있는 듯해도 그 속을 들여다보면 어느 한쪽이 불만을 가지고 있을 수도 있고, 오랜 세월에 걸친 역할 분담의 결과 이미 마음이 떠나 버린 부부도 있을 것이다. 그렇다면 사이좋은 관계를 이루고 있는 것은 도대체 어떤 부부일까?

전형적인 부부의 형태지만, 부부가 서로의 역할 분담에 대해 이해하고 남편이 경제적으로도 주도권을 가지고 있음으로써 평온한 관계를 유지하는 경우다. 아내는 어떤 일에도 남편의 권위를 세워 주고, 자신은 가족을 위해 가사와 육아에 전념한다. 육아가 일단락되었을 때 시간을 나누어 취미 활동을 하고 이웃과 교제할 수 있게 된다면 더욱 만족도가 높아진다. 결국 남편은 자신이 가정과 가족을 책임지고 있다는 자부심을 갖게 되고, 아내는 가사나 육아에 전념하는 대가로 안정적으로 쓸 수 있는 돈과 자유 시간이 주어진다면 상당히 평화스러운 관계를 유지할 수 있다. 남편 또한 자신을 존중해 주는 아내에 대해 고마워하는 마음을 가지는 것이 중요하다.

역할 분담에 만족하다고 말하는 남편들은 대부분 여성을 남성이 보호해야 하며, 가족을 부양하는 것은 남성의 당연한 의무이자 진정한 남성상이라고 생각하는 경우가 많다. 이런 남성들은 아내가 주부로서의 책임을 성실하게 이행할 경우 아내에 대한 불만이 없다. 또 시부모와의 관계가 원만한 경우라면 더욱더 고마운 마음이 커진다. 그렇다면 아내의 진심은 어떨까?

남편의 권위를 세워 주고자 하는 아내는 그것이 남편을 기쁘게 하며 백해무익한 알력이 생기지 않는 현명한 방법이라고 이해하고 있다.

그런데 전후 세대인 베이비붐 세대는 기본적으로 남녀평등 사상이 몸에 배어 있다. 데이슈칸파쿠(아내에게 군림하는 남편. 가부장적 남편)적인 남편이라 해도 가족 지향적인 성향이 강하고, 밖에서 방탕한 생활을 하는 것이 아니라 아이들에게 친절한 아버지인 경우가 많다. 아내나 자식에 대해서 절대적인 통솔자이거나 독재자인 경우는 별로 없다. 일 때문에 자주 집을 비우는 것을 미안해하며, 자신을 존중하는 아내에게 고마워한다. 현명한 아내는 남편이 기분 좋게 일할 수 있도록 보조를 맞추는 것이 필요하다는 사실을 잘 알고 있다.

경제적인 역할이 끝난 뒤

이 유형의 남편은 가족을 위해 열심히 일하고 있다는 자부심과 함께 자신이 아내를 더 많이 '좋아했다'는 약간의 열등감도 가지고 있다. 그렇기 때문에 아내에 대한 고마움과 함께 어느 정도의 부담감도 안고 있다. '황혼 이혼'이라는 말을 들었을 때 어쩌면 자신도 그럴 가능성이 있을지 모른다는 막연한 불안감을 부정하지 못한다. 그래서 '휴일에는 아내와 함께 여행이나 테니스를 하고 싶다', '가끔은 아내를 위해 차를 끓여 주고 싶다'는 등 조금씩 아내에게 다가가는 모습을 보이고 있다.

지금의 부부 관계에 대단히 만족해 보이는 후지이 씨도 어느 날 갑자기 아내의 이름과 인감이 찍혀 있는 이혼장이 눈앞에 놓일지도 모른다고 말한다. 물론 그는 그런 일을 결코 바라지 않으며, 일어나지도 않을 것이라고 믿고 싶다. 하지만 '절대로' 없으리라고 자신할 수도 없다. 주부로서 묵묵히 가족을 보살펴 오고 있는 아내에 대해 남편으로서 고마워하는 마음이나 배려가 부족하다면 남편의 경제적 기능이 상실된 이후 이혼장이 내밀어질 가능성이 없다고 단언할 수 없다. 아내가 사회와의 접점이나 가정생활 말고는 집중할 대상이 없고, 남편이 그런 아내의 상황에 대해서 무관심하다면 아내의 정신적인 균형이 무너지는 것은 당연한 일이다. 남편은 아내가 처한 상황을 민감하게 관찰해서 가끔은 거기에서 벗어날 수 있는 환경을 만들어 주거나 스트레스를 풀어 주어야 한다. 만일 부부 관계를 점검하고 개선하는 데 신경을 쓰지 않는다면 평온한 부부 관계라고 해도 언젠가 위기가 찾아올지 모르는 일이다.

아내가 불공평하다고 느끼면 위험하다

부부가 역할 분담에 대해 이해하고 서로에게 감사하면서 가정 외의 자신의 영역, 즉 일이나 취미 활동, 이웃과의 교제를 통해 마음의 휴식을 취할 수 있는 유형의 부부라면 상당히 평온한 관계를 유지할 수 있다. 그러나 어느 한쪽, 특히 아내가 스트레스를 풀 수 있는 방법이 없어서 우울해하거나 불공평하다고 느끼게 되면 부부 관계는 악화된다.

오랫동안의 역할 분담 결과 언제부턴가 상대방이 보이지 않게 되는 경우도 있다. 주부의 번거로움도, 사회 속에서의 남편의 입장도, 남편이나 아내나 서로 그 위치에 서 보지 않으면 정말 이해하기 어렵다. 더욱이 남편은 가정의 일원으로서 아버지나 남편의 입장에서 이해하려는 노력을 할 필요가 있다. 아내는 경제적·정신적으로 남편에게 기대면서도 자기 자신의 존재감을 확인하고 싶어 한다. 물론 자녀들에게 엄마는 절대적이지만, 자녀는 언젠가는 독립을 한다.

꼭 거창한 일이 아니어도 전업주부인 아내에게는 사회와의 접점이 필요하다. 후지이 씨의 아내에게는 결혼 전부터 해 온 소우쿄쿠를 계속한 것이 자신만의 세계를 갖고 활력을 유지하는 원천이 된 셈이다. 그 결과 집안일에 불만을 갖지 않고 계속할 수 있었다.

이런 유형의 부부가 좋은 관계를 유지하기 위해 필요한 것은 가사나 자녀 양육, 간호라는 일상의 현실 속에 활력을 불어넣어 주는 비현실적 요소, 즉 아내가 혼자 열중할 수 있는 취미나 자신만의 교제 관계, 부부 간의 애정이라는 요소이다.

마르지 않는 샘처럼 신선한 부부 사이

가족과 함께하는 시간이 즐겁다

민사 사건을 전문으로 하는 변호사 마츠나가 씨는 53세이다. 아내와 21세가 된 대학생 딸, 이렇게 3인 가족이다.

아내와는 대학 시절에 동급생으로 만났다. 당시 법대에 다니는 여학생의 수는 극히 적었는데, 아내는 남자보다 우수해서 눈에 띄었다. 함께 공부를 하면서 마츠나가 씨는 그녀의 총명함과 재치 있는 대화에 마음이 끌렸고, "저 사람이라면 지루하지 않을 거야."라는 생각에 결혼을 결심하게 되었다.

마츠나가 씨는 대학원에 다니던 중 결혼을 했는데, 그때 아내는 사법 시험에 합격해서 작은 법률 사무소에 근무하고 있었다. 매달 8만 엔의 장학금과 약간의 아르바이트 비용이 수입의 전부인 그에 비해 아내는 한 사람 몫의 경제적인 수입이 있었다. 그 대신 마츠나가 씨는 시간적인 여유가 있었다. 결혼해서 3년이 지나자 딸이 태어났는데, 탁아소에 아이를 맡기고 밥을 먹이고 목욕시키고 잠을 재우는 것은 모두 마츠나가 씨의 담당이었다.

그는 결혼 초부터 가사 분담을 당연한 것으로 생각했다.

"아내는 자신이 전업주부가 된다는 것은 상상도 못했지요. 나는 학창 시절에 하숙을 한 경험이 있어서 집안일을 하는 것이 자연스럽고 어렵지 않았습니다. 지금은 아내가 주로 식사를 준비하지만 아내가 늦게 귀가하는 날은 내가 합니다."

마츠나가 씨는 가족이 함께 식사하는 것을 매우 중요하게 여긴다. 그래서 밖에서 술을 마시는 일은 거의 없다. 동업자인 아내와 식사하면서 이야기를 나누는 것이 그의 스트레스 해소법이다. 결혼한 뒤로 27년 동안 언제나 소중하게 생각해 온 시간이다.

아이가 태어난 뒤로는 늘 아이도 함께한다. 두 사람 모두 일 때문에 저녁식사가 늦어져도 가족이 함께 모인다. 아이가 초등학교에 다닐 때 담임 선생님으로부터 늦은 저녁식사는 어린이에게 좋지 않다는 주의를 들었지만 그래도 그는 가족이 함께하는 저녁식사를 포기하지 않았다.

마츠나가 씨의 부친은 경영자였다. 사업상 접대 때문에 마시지 못하는 술을 무리하게 마시고 매일같이 새벽에 귀가하곤 했다. 그는 그것이 너무 싫어서 결혼하면 항상 아내와 함께 식사를 하겠다고 결심했다고 한다. 부친은 '남자가 사회생활을 하려면 접대가 중요하다'고 강조했다. 하지만 그는 아버지의 생활방식보다는 가족이 함께 모여 저녁식사를 하는 것을 한 가족의 상징처럼 여기고 있다. 그런데 어쩌면 아내의 입장에서는 시간과 행동을 구속당하는 데 대한 불만을 애써 참고 있는 것은 아닌지 모르겠다. 어쨌든 마츠나가 씨는 저녁식사 후의 정리를 도맡아 한다.

"4년 전에 씽크대를 새로 들여놓아서 설거지하기가 아주 편합니다."

아내와는 함께 있는 의미가 있다

하나뿐인 딸은 대학생이다. 부모가 변호사지만 딸은 법대에 진학하지 않았다. 그들 부부도 딸이 부모 뒤를 이어 변호사가 되거나 관련 계통의 일을 하기를 바란 적은 없다. 모든 것은 자녀 스스로 원해서 해야 하며, 부모는 아이의 진로를 결정해야 할 권리가 없다고 생각해 왔다.

"딸아이는 야생마처럼 천진난만하게 자랐습니다. 경험이 없었기 때문에 예의범절을 어떻게 가르쳐야 좋을지 몰랐죠. 우리 둘 다 바쁘게 일을 하는 입장이라 제 마음대로 자랐다고 해야겠죠. 내가 해 준 것은 잠자기 전에 책을 읽어 준 것이 전부입니다. 아내는 지금도 '당신에게 맡겨놓았더니 딸이 저렇게 되었다'며 후회하고 있습니다."

딸은 부부 사이에서 완충 역할을 하고 있다. 부모의 의견이 대립될 때는 중간에 끼어들어서 원만하게 해결해 준다. 마츠나가 씨는, 딸이 없었다면 매우 쓸쓸했을 것 같은데 아내는 아무래도 자기만큼은 아닌 것 같다고 말한다. 딸이 어렸을 때부터 늘 보살펴 온 마츠나가 씨가 항상 하는 말이다.

"'이 사람이라면 지루하지 않을 거야' 라고 생각해서 결혼을 결정했죠. 27년이 지난 지금도 우리 사이는 변함이 없습니다. 때때로 아내에게 연애 감정이 솟아오르는 걸 느낍니다. 지금도 아내의 반응을 예상할 수 없는 경우가 많고, '퍼내도 마르지 않는 샘' 처럼 지루하지 않습니다. 아내가 바이올린을 연주할 때 기술이나 음색에 변화가 있으면 '50세가 되어도 이 사람은 아직도 변화하고 있구나' 하는 긍정적인 생각이 들 정도입니다."

물론 27년의 세월 속에서 부부간의 위기도 있었다. 지금도 서로가 경제적으로나 정신적으로 완전히 자립해 있기 때문에 이혼하기도 쉽다. 만일 이혼한다면 마츠나가 씨가 딸을 돌볼 생각이다. 헤어진다 해도 현실적인 면에서는 문제가 없지만, 비현실적인 면에서 함께 있는 의미가 크다. 음악을 듣는다거나 연극을 관람한 뒤 감상을 공유하는 것은 아무하고나 할 수 있는 일이 아니기 때문이다. 아내는 마츠나가 씨의 일을 본질적으로 이해하고 있으며, 그가 고민을 터놓고 이야기할 수 있는 소중한 존재다. 적극적이고 긍정적인 사고를 가진 아내는 지금도 그를 자극하고 있으며, 언제나 변화를 예측하기가 힘든, 매우 흥미 있는 상대이다.

 상황에 따라 역할이 바뀌는 유연한 부부
유형 3

25년 전부터 맞벌이를 하며 육아도 함께

54세의 건축가 야마구치 씨는 대학에서 건축학을 전공한 뒤 건설회사에 취직했다. 12년간의 샐러리맨 생활을 거쳐 개인 설계 사무실에서 일을 배우고 독립했다. 지금은 주택 설계를 중심으로 일을 하고 있다.

나이가 같은 아내는 간호사이다. 학생 시절에 만났고, 취직해서 1년 정도가 지났을 때 아이가 생겨서 바로 결혼을 했다. 그때까지만 해도 결혼할 생각은 전혀 없었다.

26세가 된 아들과 24세인 딸은 독립해서 현재는 집을 떠나 있다. 하지만 아이들이 어렸을 때는 정말 힘들었다.

야마구치 씨는 아이를 낳은 뒤까지 아내가 일을 계속하기를 바라지는 않았지만 아내가 바란다면 자신도 협력해서 집안일과 일을 병행해야 한다고 생각했다. 당시 회사원이었던 야마구치 씨에게 가장 괴로웠던 일은 보육원에 아이를 데리러 가는 것이었다. 아침에 보육원에 맡기는 것은 별 문제가 없었다. 하지만 병원에 근무하는 아내가 일주일에 두서너 번은 야근을 했기에 야마구치 씨가 아이를 데리러 보육원에 가는 날이 훨씬 더 많았다. 당시 일본 경제는 버블 시기여서 매우 바빴고, 동료들은 매일 야근을 했다. 살기등등한 직장을 뒤로하고 자기 혼자서 아이들을 데리러 가기 위해 일찍 퇴근하는 것이 무엇보다 괴로웠고, 스트레스가 되었다.

"정말 많이 참았습니다. 아내의 일을 이해하고 역할을 분담했다기보다는 그렇게 하지 않으면 안 되었기 때문입니다. 아내 또한 나 이상으로 부담을 가지고 노력했기에 마음속 깊이 고마움을 느꼈습니다. 그 무엇보다도 아이들이 사랑스럽고, 무엇과도 바꿀 수 없을 만큼 귀중했습니다. 아이들은 나의 기쁨이었습니다."

자녀는 부모의 뒷모습을 보지 않는다

그런데 자녀를 기르는 일은 귀여워하는 것만으로 끝나지 않는다. 부모가 맞벌이를 하는 경우 자녀를 돌볼 수 있는 시간은 아무래도 줄어든다. 아이들 때문에 받는 스트레스도 적지 않다.

야마구치 씨는 '아이들은 부모의 뒷모습을 보지 않는다'는 말을 실감했다. 부모가 직장에서 얼마나 열심히 일하는지, 사회에 어떤 공헌을 하고 있는지 알지 못한다. 아이들은 부모가 자신에게 관심이 있는지를 느껴야 성장하는 것 같다. 따라서 생활 속에서 많은 대화를 하는 것이 중요하다.

아이들에게 불안정한 시기가 있었을 때, 아내는 아주 조심스럽고 정중하게 아이들과 접촉했고, 확실하게 애정을 표현하려고 노력했다. 야마구치 씨는 아침에 일찍 일어나 함께 달리기를 하는 등 아내와는 다른 방법으로 접근했다.

"아이가 초등학교 때, '집에 돌아와도 아버지와 어머니가 없어서 쓸쓸하다'고 보육 교사에게 울면서 전화를 걸었다는 이야기를 여러 번 들었습니다. 아이가 안쓰러웠지만 아내가 일을 그만두는 것을 바라지는 않았습니다. 가능하면 아버지로서 아이들에게 관심을 가지는 것이 최선이었죠. 회사를 그만두고 설계 사무실에 근무할 때 상사가, '아내가 사회생활을 하게 해서는 안 돼. 그러면 아이들도 제대로 키울 수 없고 자네 또한 권위가 사라질 거야'라고 충고했지만 그런 일은 일어나지 않을 거라는 생각을 굽혀 본 적이 없습니다."

아내의 제2의 인생을 응원한다

지금은 자녀들이 모두 독립해서 아내와 둘만 남았고 서로를 의지하고 있다. 덕분에 서로를 배려하는 마음은 전보다 훨씬 강해졌다. 원래 대화를 많이 나누는 부부였지만 더욱더 서로의 일에 대해 관심을 가지고 걱정거리까지 상담하고 있다. 아내는 병원의 간호부장으로서 10명 정도의 스태프를 지휘하고 있는데 인간관계가 어려운지 이야기를 나눌 대마다 거의 하소연이다.

"하소연을 할 때는 들어주어야 합니다. 뾰족한 해결책이 없는 게 문제지만 들어주는 것만으로도 아내에게는 큰 힘이 됩니다."

야마구치 씨는 아내가 업무로 인해 겪고 있는 고민에 귀를 기울이고 있다. 물론 자신의 일과 관련된 것에 대해서도 이야기를 한다.

주택 건설을 의뢰해 오는 고객들 중에도 까다로운 사람이 많다. 또 담당자의 기분도 헤아리면서 일을 진행해 나가야 한다. 개인 사업이니까 남의 눈치 안 보고 자유롭게 일을 한다고 해도 정말로 안심하고 상담할 수 있는 사람은 아내뿐이다. 아내가 설계도를 보고 객관적인 시각에서 조언해 주는 것도 고마운 일이다. 아내가 좋다고 하면 확신이 생긴다.

"오늘의 내가 존재하는 것은 아내 덕분입니다."

다니던 회사에 사표를 냈을 때도, 사무실을 차려 독립했을 때도 아내는 고민을 들어주고 이해했다. 한 번도 반대하지 않고 남편이 하고 싶은 것을 할 수 있도록 해 주었다. 그러므로 이제부터는 아내에게 해 줄 차례다. 아내는 곧 일을 그만두고 카운슬러 관련 공부를 위해 학교에 입학할 예정이다. 야마구치 씨는 아내가 공부를 열심히 하면 그것으로 만족할 것 같다. 아내는 열심히 공부해서 다시 일을 하고 싶다고 한다. 전업주부로서 사는 것보다는 젊었을 때부터 사회 활동을 하는 데 익숙해졌기 때문이다. 지금도 남편과 아내의 업무 시간이 달라서 저녁을 함께 먹는 경우는 거의 없다. 그러다 보니 함께 식사를 하게 되면 서로에게 "오늘은 같이 밥을 먹을 수 있어서 행복하다."고 말해 주는 것을 잊지 않는다. 서로의 생활 시간대가 잘 맞지는 않지만 아내는 남편과 이야기할 때가 가장 좋다고 한다. 물론 남편도 같은 생각이다.

"아내는 내게 정신적으로 필요한 존재입니다. 아내도 나를 필요로 하고 있고요. 우리 부부는 서로에게 필요한 존재죠."

역할의 변화에 대응하는 평등한 관계

한 사람의 사회인으로서 정신적이나 경제적으로 독립한 남녀가 결혼해서 부부가 된다. 일도 열심히 하고, 적극적이고 진지하게 삶에 몰두하고 있다…….

이런 남녀가 결혼하고 출산을 했기 때문에 아내가 일을 그만두어야 할 이유는 없다. 남편이 자신의 일에 대한 열의가 높은 만큼 아내에게도 일이 중요하기 때문이다. 남편의 입장에서도 아내에게 끌린 이유 중에는 일하는 모습도 포함되어 있기 때문에 일을 계속하기를 원하는 마음도 있다.

그런데 집안일이라는 것 자체가 손이 많이 가는 데다, 특히 자녀 양육은 힘이 부치는 일이다. 어린아이는 혼자서 식사도 하지 못하고 화장실도 갈 수 없으며, 목욕도 하지 못한다. 게다가 아기 때는 예기치 못하게 몸이 아파서 부모를 당황시킬 때도 있다. 이런 상황에서 아내가 일을 계속하기 위해서는 남편의 적극적인 협조가 필요하다.

최근 들어 남편들의 성향을 보면, 굳이 결혼이나 출산을 계기로 아내가 일을 그만두기를 바라지는 않는 것 같다. 아내가 일을 계속하면서 육아도 잘할 수 있는 방법을 생각하고 구체적인 노력을 기울이는 남편도 많다. 가사 분담을 당연하게 여기고, 바쁜 생활 속에서도 아내의 일이나 생각을 존중하려고 노력한다. 역할 분담이 제대로 이루어지지 못할 때는 '시간 있는 쪽이 한다'는 생각으로 유연하게 대응하는 경우도 많다.

하지만 한편으로는 여성의 취업률이 높아지고 맞벌이 부부가 늘고 있는데도 회사일과 집안일, 육아는 아내의 책임이라는 편견을 버리지 못하는 경우도 많다. 특히 중간 세대 부부들은 직장인으로서 서로를 이해하고 존경하면서도, 부부 모두 '가사나 육아는 여성의 몫'이라고 인식하는 경우가 많다. '일을 하되, 육아나 가사에 지장이 없도록 해야 한다'고 생각하는 사람들도 많다. 그런 부부들을 보면, 남편이 집안일을 돕지 않아도 아내가 심하게 불평하지 않으며, 오히려 '일이 바쁘기 때문에 집안일을 도울 틈이 없는 것'이라고 애써 이해하려 하고 있다. 이들은 부부간의 관계는 비교적 좋지만 아내가 일방적으로 책임을 지고 있으므로 균형 잡힌 공정한 부부 관계라고 말하기 어렵다.

남녀 모두 부부의 역할 분담에 얽매이지 않고 상황에 따라서 움직이는 유연함이 부부가 동지 의식을 갖는 적합한 열쇠가 된다.

환경의 변화에 인내하는 동지

가사·육아·가계 관리 등 가정을 운영해 나가는 과정에 필요한 사항을 어떻게 부부가 분담해 갈까? 남편과 아내의 적성이 서로 다르고, 부담할 수 있는 능력의 차이도 있을 것이다. 만일 가사 분담을 확실하게 정하여 각자의 영역을 지키거나 맡고 있는 일만 하고 만다면 오히려 새로운 '역할 분담'에 묶여 융통성이 없어지고 갑갑함에 질려 버릴 것이다. 밖에서 진행하고 있는 업무나 자녀 관리 등 여러 가지 상황에 따라 유연하게 대처하고 협력해야만 서로 합의점을 찾을 수 있고, '동지'라고 할 수 있는 관계가 형성된다.

맞벌이가 일반적이지 않았던 시대에는 어린 자녀를 둔 여성이 사회 생활을 하기에는 고충이 매우 컸다. 또한 '남성은 일, 여성은 가정'이라는 인식이 당연시되던 사회에서 가사에 시간을 할애해 온 남성의 딜레마도 상당했을 것이라고 상상해 볼 수 있다.

샐러리맨인 야마구치 씨의 스트레스도 바로 그것이다. 남편들도 인내하고 희생하며 눈앞에 있는 가사나 육아에 시간을 할애해 왔다. 불만이 있어도 아내에게 발산하지 않고 혼자서 감당했다. 서로 노력해서 일에 대한 의욕도 버리지 않고 가족을 함께 책임져 온 동지적 부부에게 있어서 육아는 가사 중에서도 가장 중요한 공동 작업이다. 이런 부부들은 결코 '육아나 자녀 교육은 아내의 몫'이라고 말하지 않는다.

감정의 변화에 어떻게 대응할 것인가

마츠나가 씨에게는 아내가 동업자인 것이 행운이었다.

"고객의 비밀을 지켜야 할 의무가 있기 때문에 다른 사람들과는 상담할 수 없는 경우가 많습니다. 집에 돌아가서 의견을 물어볼 수 있는 사람이 있다는 것은 매우 고마운 일입니다. 부부의 직업이 같아서 업무에 관련된 대화가 통하기 때문에 그것만으로도 스트레스가 해소됩니다. 서로간의 대화가 공부입니다."

야마구치 씨는 젊었을 때는 아내와 싸움도 자주 했고, 자신에게 맡겨진 육아에 대한 책임도 컸기 때문에 '이런 일은 함께해야 하는 것 아닌 가' 하고 불만을 품은 적도 있다고 한다. 하지만 지금은 아내의 존재감을 확실하게 느낀다.

"아내가 없으면 곤란합니다. 가사에 관련된 것보다도 정신적으로 필요하기 때문입니다. 아내도 나를 필요로 하고 있고, 우리는 서로가 필요성을 느끼며 살고 있습니다."

한편, 동지적인 관계를 벗어나 각자 자립한 관계는 파탄에 이르기 쉽다. 부부가 각각의 경제적인 기반이 있고, 가정 외에 자신이 머무를 장소가 있기 때문에 굳이 생활을 위해 함께 살 필요를 느끼지 않는다. 물론 자녀가 있다면 이혼만은 피하려는 노력을 하게 될 것이다. 하지만 이혼을 해도 현실적으로 부부 중 어느 한쪽이 자녀 양육을 책임진다면 불편 없이 생활해 나갈 수 있다.

마츠나가 씨는 "언제 아내에게 버림을 당할까요?"라고 반문하며 웃는다. 물론 그 말은 겸손한 농담이며, 절박한 위기감은 느껴지지 않는다. 하지만 남편에 대한 흥미나 관심이 줄어들고, 남편이 아닌 다른 대상에 흥미를 느낄 때, 남편과 결정적인 엇갈림을 느낄 때, 또는 남편이 정년퇴직 후 일을 놓게 되어 아내에게 더 이상 자극적인 존재가 되지 못할 때를 가정해 보면 기분의 변화에 따라 위기가 찾아올 가능성을 배제할 수는 없다.

물론 반대인 경우도 있다. 남편들에게 있어서 아내는 생활을 위한 여러 가지 편리함 때문에만 필요한 존재는 아니다. 생활은 물론 정신적으로도 필요하기 때문에 함께 살고 있는 것이라고 단언할 수 있다. 그러므로 남편에게 아내가 정신적인 지주가 되지 못했을 때, 더 이상 경애나 흥미의 대상이 되지 못할 때 남편의 마음이 떠나 버릴 가능성도 높다. 일단 마음이 떠나 버리면 남편은 충분한 경제력을 가지고 있는 아내에 대해서 보호자로서의 책임감을 느끼지 않게 되므로 애써서 부부 관계를 유지할 필요는 없다. 마즈나가 씨는, 아내는 자신보다 가능성이 있고 노력하는 사람이기 때문에 존경한다고 한다. 그는 지금 이대로의 부부 관계를 끝까지 유지하고 싶어 한다.

07

부 부 관 계
다 시 디 자 인 하 기

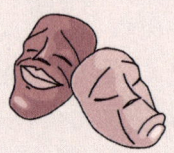

부부로 살아가는 긴 세월 동안 어딘지 모르게
마음이 답답하고 개운하지 않은 부분이 있었거나, 심각한 문제를 느끼면서도
서로에게 무덤덤하게 살아왔는가? 그렇다면 이제는
정년이라는 새로운 기회가 부부 관계를 새롭게 점검하여 관계를 구축해 가는
인생의 큰 전환점이 되어 줄 것이다.

부부 관계
다시 디자인하기

생활을 위한 결혼은 더 이상 필요하지 않다

구미 여러 나라의 부부나 가족 관계를 조사해 보면, 돈을 버는 남편과 전업주부, 자녀로 이루어진 핵가족은 이미 빈사 상태라고 말할 수 있다. 가족의 형태는 다양화되었고, 동거나 사실혼, 이혼 후 편모나 편부 가정, 맞벌이 가정, 부부가 각각 자녀를 데리고 재혼한 가정, 자녀가 독립한 뒤 부부만 남겨진 가정, 그리고 동성애 커플 등 매우 다양한 가정의 형태가 존재하고 있다.

물론 부부나 가족이라는 인연이나 그 가치는 지금도 인생의 중요한 부분을 차지하고 있으며, 결코 결혼에 대한 기대나 가족에 대한 의미가 없어진 것은 아니다. 그러나 남녀가 함께 경제력을 갖고 있으며 각종 서비스 산업이 발전한 현재, 결혼은 단지 생활을 위해서만 필요한 것이 아니며, 틀에 맞지 않는 다양하고도 새로운 부부 관계가 요구되고 있다. 저마다 자신의 생활방식을 자유롭게 선택하고 개인의 가치 실현을 위해 애쓰며 모순 없는 부부 관계와 가족 관계를 이루어 갈 방법을 모색하고 있는 것이다.

이런 흐름은 일본 부부들에게 있어서도 결코 남의 일만은 아니다. 가족을 부양할 수 있는 돈을 벌어온다고 해서 남편에게 무조건 합격점을 주는 아내는 거의 없다. 또, 아내가 가사와 육아, 자녀 교육만 잘해 주면 된다고 생각하는 남성도 많이 줄어들었다. 경제적인 면을 포함해서 모든 것을 의지해 오는 아내는 사랑스럽기보다는 피곤하다고 말하는 남성들도 많아졌다. 같은 학교에서 공부하고 같이 취직했으므로 여성도 자신에게 필요한 만큼의 돈을 스스로 벌어야 한다고 솔직하게 말하는 남성도 있다.

"남녀평등을 강조하고, 가사와 육아에 신경 쓰는 남성이 좋다고 말하면서도 돈을 버는 남성에게 모든 것을 의지하려 드는 것은 염치없는 의존입니다."

이제까지 일본의 가족을 지탱해 온 종신 고용과 연금제도가 무너지면서, 결혼은 더 이상 미래를 보장해 주는 수단이 되지 못할 것이다. 결혼을 함으로써 가족의 생활을 어깨에 짊어지게 된 결과 전직이나 유학 등의 단호한 결정을 내리지 못할 것을 걱정하는 남성도 있다. 경제적인 안정의 담보로서 부부의 신뢰를 쌓아온 관계는 사회적인 상황에서도 어렵게 되어 버렸다.

부부로서 산다는 의미는

남편으로, 아내로 혹은 아버지나 어머니, 세대주로서 주어진 역할을 다함으로써 성립되어 온 일본의 부부는 지금 확실히 전환점에 와 있다.

결혼이나 부부라는 것이 하나의 사회적 기능이었던 시대가 끝나고, 남성이나 여성이 개인으로서 자신의 힘으로 살아가야 하는 시대에, 부부로서 함께 산다는 것의 의미는 무엇일까? 이제부터는 '어떤 식으로 부부 관계를 유지해야 하는가?'를 묻기 시작해야 한다.

이것은 단지 젊은 부부들만의 문제가 아니다. 그렇다면 중간 세대의 부부에게도 '자녀 양육'이라는 큰일이 끝난 뒤의 긴 시간을 부부가 함께 있다는 의미는 무엇인가? 지금까지 함께 살아온 많은 세월이 그 뒤의 관계에 진정한 열매를 가져다 줄 것인가? 서로의 역할이 끝난 순간 이혼해 버리고 마는, 이른바 '황혼 이혼'을 피하기 위해서는 어떻게 하면 좋을까?

우리가 풀어야 할 과제는 매우 많다. 지금까지는 의문을 품으면서도 애매모호하게 지내 온 부부가 매우 많았다.

남편의 정년퇴직과 함께 아내가 이혼을 요구하는 것은 단순히 퇴직금의 절반이 탐난다는 경제적인 이유에서만은 아닐 것이다. 남편의 경제적 역할이 끝났다는 것은 아내가 자신도 '주부'나 '어머니'라는 역할만으로 살아온 것을 끝내고 '자기 자신'을 되찾고 싶은 계기가 되기도 한다. 어쩌면 한쪽의 역할이 끝났을 때 함께 살아가야 할 의욕이 없어진 것인지도 모른다.

서로 평가를 내릴 수 있는 부부

이야기를 나눈 중간 세대의 부부들 중에는 부부가 지향하는 것이 같고 삶의 균형이 제대로 이루어져 행복한 부부들도 있었다. 그 행복한 관계는 두 가지 형태였다.

하나는 기본적으로 '잘해 왔다', '지금도 잘하고 있다'며 서로 인정하면서 매우 당연하게 남녀평등 의식을 소유하고 있는 형태이다. 이런 유형의 부부들의 공통점은 '지금 반드시 해야 할 일은 시간이 있는 사람이 한다'는 자세를 가지고 육아를 중심으로 한 가정을 적절하게 운영해 왔다는 것이다. 그리고 그 유연함이 균형 있는 부부 관계를 이룰 수 있는 기초가 되었다. 또 이런 유형의 부부는 대화가 풍부한 것이 특징이다. 자녀 문제나 서로의 일에 대해 숨김없이 이야기를 나누며, 또 부부가 각자의 일에 최선을 다함으로써 밖에서는 스트레스를 느끼지 않는다. 스트레스는 가정에서 부부간의 대화로 풀고, 배우자와 함께 지내는 일상적인 시간 속에서 즐거움과 평온함을 발견한다. 이들 부부는 각자의 경제적인 생활 기반이 충분해서 언제라도 혼자서 살아갈 수 있다. 그런 현실적인 면에서 보면 헤어진다 해도 문제될 것이 없지만, 부부이기 때문에 함께 음악을 듣거나 연극을 볼 때 정서적인 연결이 가능한 것이다. 상대방에 대한 존경심이나 안정감 등 배우자에 대한 긍정적인 감정이 둘이 함께 사는 이유이자 더 없이 소중한 상대가 되는 이유이다.

그런데 유감스럽게도, '동지적 관계'가 성립되어 있는 부부는 그다지 많지 않았다. 특히 '동지적 관계'는 오랜 세월에 걸쳐 형성되는 것으로,

지금까지 쌓아 온 신뢰가 없이는 정년을 계기로 대등한 부부가 되려고 결심해도 어느 날 갑자기 '동지'가 될 수는 없다.

중간 세대의 행복한 패턴

오히려 중간 세대에서 많이 볼 수 있는 행복한 부부의 유형은 평화스러운 '역할 분담 부부'이다. 기본적으로는 남편과 아내가 경제와 가사를 분업하고, 보호하는 쪽과 보호를 받는 쪽이라는 간단한 도식이 성립되어 있다.

수입을 확보한다는 점에서 남편의 힘이 우위지만, 자녀에 대해 현실적인 힘을 가진 것은 아내로서, 남편이 아내 위에 군림하고 있지는 않다. 남편을 세워 주는 아내와, 가족을 지켜주는 남편이 서로의 영역에 쓸데없는 참견을 하지 않고 상대의 역할에 감사하는 마음을 가지면서 사이좋은 관계를 유지해 가고 있다. 단, 아내는 역할 분담을 받아들임으로써 개인으로서 사회적으로 인정받을 수 있는 기회를 박탈당했다. 남편이나 아이를 보살피는 것 외에도 부모 수발이나 고부 갈등 등 결코 유쾌하지 않은 냉혹한 현실에 대처해 온 아내도 많다. 그런 아내들의 희생과 헌신에 대해 '부부란 그런 것'이라고 단순히 결론내릴 수는 없다. 물론 남편에 대한 애정도 큰 이유가 되어 왔지만 그것만으로 오랜 세월을 함께 지내기는 어려운 일이다. 가정 내에서의 역할을 다하는 것 외에, 자신이 몰두할 수 있는 취미나 개인적인 즐거움을 나눌 수 있는 교우 관계 등 자신을 억압하고 있는 틀에서 해방되어 스트레스를 발산할 수 있는 장소와 시간을 확보하는 것도 필요하다.

여성들과의 인터뷰에서도 부부 및 가족생활에 만족도가 높은 전업주부는 '내가 취미를 즐기는 시간을 가질 수 있는 것이 남편의 배려'이며, 경제적으로나 시간적으로 여유 있는 것 또한 남편 덕분이라며 고마움을 표하고 있다. 자원 봉사든 취미 활동이든, 아내가 개인적인 시간을 갖고 또 조금이나마 사회에 참여하고 있다는 느낌을 갖는다면 아내나 어머니로서는 물론 며느리로서의 역할도 열심히 할 수 있는 원천이 된다. 중간 세대의 여성은 대부분 전업주부로 살고 있기 때문에, 행복해 보이는 부부의 유형에 있어서 동지적인 부부보다 서로를 잘 이해할 수 있는 역할 분담 부부가 많은 듯하다.

오랜 기간 역할을 분담해 온 결과, 언제께부터인지 상대편이 보이지 않게 되었다는 부부도 상당히 많았다. 사회에서 남편의 입장도, 주부의 번거로움도, 막상 본인이 그 입장에 처해 보기 전까지는 이해하기 어려울 것이다. 남편들은 불안한 경제 상황에서 안정적인 수입을 얻는다는 것이 얼마나 힘든 일인지를 아내들은 전혀 이해하지 못한다고 불만을 토로한다. 한편 아내들은 경제적·정신적으로 남편에게 의지하고는 있지만 자신의 존재감을 어디에서든 확인하고 싶다는 의식이 강해졌다. 사회와 연결되기를 바라거나 가정이 아닌 다른 곳에서 본인이 있을 장소를 원하는 중간 세대의 여성들은 남성들이 생각했던 것보다 훨씬 많았다.

아내 혼자 걱정하는 정년 이후

특정비영리활동법인 NALC(Japan Active Life Club) 시니어 연구소가 2004년 1월에 베이비붐 세대를 중심으로 한 생활 의식 조사에 의하면, 정년 후에 희망하는 삶에 대해 남녀 모두 '부부가 여행이나 놀이를 하고 싶다'고 응답한 비율이 높았고, 이들은 변함없이 친구 같은 부부임을 알 수 있었다(42페이지 참조). 반면 베이비붐 세대의 여성은 '부부가 다른 즐거움을 발견해서 지내고 싶다'고 희망하는 비율이 높았다. 결국 남편들은 아내와 함께하는 것을, 아내는 남편과 함께 살면서 서로 자립을 원하는 등 약간의 방향 차이가 있다.

조사 결과에 의하면, 이 책의 서문에서도 소개한 7년 전의 설문 조사에서 나타난 부부간의 미묘한 엇갈림은 지금까지도 해소되지 않은 듯하다.

'가장 좋다고 느끼는 때는 언제인가?' 하는 질문에 '부부가 함께 있을 때'라고 대답한 남편과 '혼자 있을 때'라고 대답한 아내. 남편이 아내도 자신과 같을 거라고 생각하고 있다면 이 조사 결과에 큰 충격을 받을지도 모르겠다. 예를 들어 정년 후에는 '시골에서 전원생활을 하며 살고 싶다'고 희망하는 남성은 상당히 많지만, 같은 질문을 여성들에게 했을 때 그렇다고 대답한 여성의 비율은 훨씬 낮았다(42페이지 참조). 여성들은 오히려 편리한 도시에 살면서 친구들과 꾸준히 교우하고 문화생활을 즐기고 싶어 하는 경향이 많았고, 현재 살고 있는 곳을 떠나고 싶지 않다는 의지도 강했다. 인터뷰를 통해 느낀 점은, 아내들은 현재의 삶의

정년 후 삶의 불만이나 불안

배우자와 얼굴을 맞대고 사는 시간이 증가하는 것

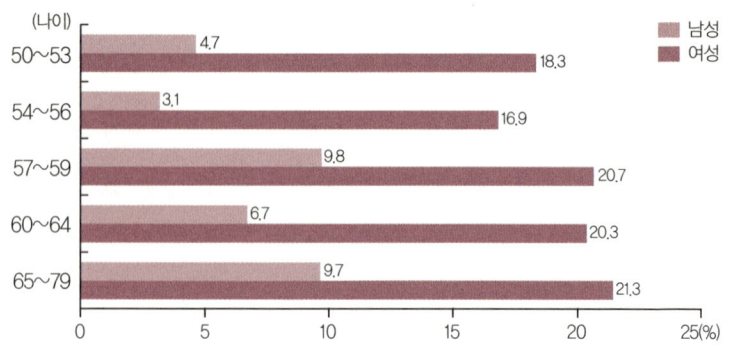

나만의 자유시간이 줄어든다는 것

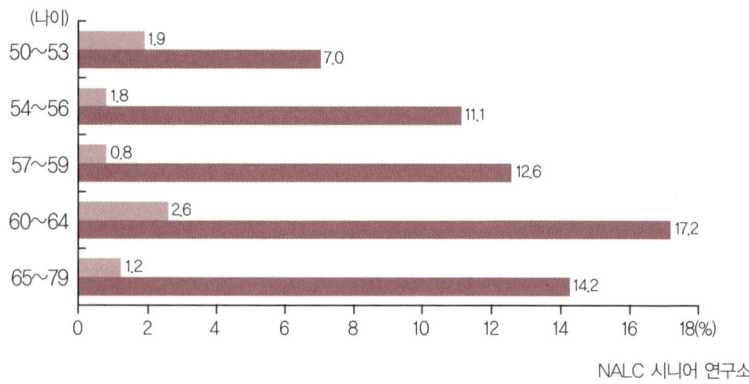

NALC 시니어 연구소

방식이나 교우 관계를 계속 유지하고 싶어 한다는 것이다.

"남편은 정년퇴직 후 시골에서 살겠다고 계획하고 있지만 나는 다양한 모임에 가입하여 활동하고 싶고, 또 친구들이 많이 살고 있는 이곳을 떠나고 싶지 않습니다. 남편에게는 아직 말하지 않았지만 시골까지 따라갈 생각은 없어요."

정년퇴직해서 할 일이 없어진 남성들은 어느 곳에 가서 살아도 상관 없다고 생각하는 반면, 여성들은 이미 살고 있는 장소를 떠나고 싶어 하지 않았다. 친구들이 많고 생활 기반이 다져져 있는 곳을 두고 남편을 따라나서기가 쉽지 않은 것만은 사실이다.

앞에서 서술한 NALC의 조사에서 '정년 후 생활의 불안'을 묻는 질문에 경제적인 불안 이외에 걱정거리가 거의 없는 남편들에 비해 '배우자와 얼굴을 맞대고 사는 시간이 늘어나는 것', '자신의 자유 시간이 줄어드는 것'이라고 대답하는 등 정년 후의 남편과의 관계를 걱정하고 있는 여성들이 많다는 것도 두드러진 현상이다.

인터뷰를 통해 내린 결론은, 사회생활이나 자신의 일에서 성공을 거두었다고 자신하는 남성일수록 부부 관계나 가정에 대해서도 자신감을 갖고 있는 경우가 많다는 것이다. 어쩌면 좋은 부부 관계를 유지하는 데 중점을 두지 않았기 때문에 문제를 인식하지 못하거나 위기 의식을 느끼지 못하는 것일 수도 있다.

앞에서 서술한 것처럼, 남편들은 아내가 자신의 옆에 있는 것은 지극히 당연한 일이며, 지금까지 지내 온 관계가 앞으로도 계속될 것이라고 생각하고 있다. 특별하게 친밀한 관계도 아니고, 사이가 썩 좋다고 말할 수는 없지만 자신이 생각하는 부부의 범주에는 대충 들어맞는다고 생각하고 있다.

전쟁 전에 태어난 세대들의 행복

그렇다면 아내의 불안이나 불만을 눈치채지 못한 채, 현역에 있을 때처럼 똑같이 생각하는 남편들이 앞으로도 정말로 이전과 같은 생활을 할 수 있을까?

베이비붐 세대의 여성들은 부부로서의 신뢰 관계는 중요하지만, 정년이 된 뒤 남편이 갑자기 함께 있으려고 하지 않기를 바라고, 자신도 나름대로의 즐거움이 있으므로 그것을 방해 받고 싶지 않다고 한다. 제5장 '아내의 속마음을 들여다보는 인터뷰'에서도 소개한 것처럼, 남편들의 정년으로 인해 초래된 아내들의 가장 큰 스트레스는 자신의 교우 범위나 친구들과 지내는 시간이 줄어들었다는 것이다. 하지만 베이비붐 세대보다 조금 앞서 태어난 전쟁 전의 여성들은 보수적이고 전통적인 부부 관계와 가족 관계에 큰 문제점을 제시하지 않았고, 가정을 지키는 것이 아내의 역할이라고 이해하며 살아왔다. 남편이나 아이들을 보살피고 가족의 행복과 즐거운 얼굴이 곧 자신의 행복이라고 여겨 왔다. 예를 들어 부부가 맞벌이를 한다 해도 집안일은 여자의 몫이라고 여겼고, 불만이 있어도 결코 자신의 주장을 강하게 드러내지 않았다.

"정년 전에는 남편을 가장으로 존귀하게 여기고 존중했지만, 정년이 되어 집에 있게 되면 지금까지 보지 못했던 면이 보이면서 실망도 하게 됩니다. 하지만 계속 살아가야 하므로 감정을 숨기지 않고 말해 버리죠. 그러면 남편은 잔소리를 하거나 따지지 말라고 되받아치게 되고, 결국 부부간에 충돌이 일어납니다. 그래도 싸움할 때뿐이고 사실은 남편을 존중하고 있습니다. 남편의 기분을 맞추어서 남편을 치켜세우려는 마음에서입니다."

생각 없이 하고 싶은 말을 다 내뱉고 싸우기보다는 기분 좋게 치켜세워 주면서 조금씩 부부간의 거리를 좁히며 살아가는 것이 즐겁다. 풍족하지 못했던 시대를 함께 살아오면서 희노애락을 함께 나누고 가정을 이루어 온 부부에게선 세월과 함께 가꿔 온 평온함과 지혜가 아름답게 느껴진다.

생각은 새롭지만 현실은 보수적

부창부수를 당연하다고 생각하며 살아온 윗세대와는 달리 전후의 베이비붐 세대는 대등한 부부 관계와 뉴 패밀리를 목표로 한다. 그러나 문제는, 이데올로기는 새롭지만 현실 생활은 의외로 보수적이라는 데 있다.

중간 세대의 남성들에게 앙케트 조사를 실시한 결과, 남녀평등이나 여성의 자기실현에 대한 욕망을 머리로는 이해하면서도 자신들의 일로 받아들이려고는 하지 않는 듯했다. 예를 들면, '여성들도 밖에서 사회 생활을 해야 한다'고 말하면서도 자신의 아내만은 전업주부이기를 원하며, 여성 상위에 대해서는 거부감이 든다는 응답이 많았다. 중간 세대의 남성들 중에는, 자신의 아내는 결혼 초와 조금도 변함없이 사랑스럽고 소극적이어서 내가 없으면 살아갈 수 없다고 믿고 있는 사람도 많았다.

"제 아내는 야마토나데시코(일본 여성의 미칭. 현숙하고 어진 아내를 뜻함)를 닮은 여성입니다. 내가 지켜 주지 않으면 안 됩니다."

자랑스러운 듯이 아내에 대한 이야기를 하고 있는 남성들의 말을 부정할 생각은 없다. 그들의 솔직한 표현은 '아내는 아름답고 현숙한 여성으로, 마음속 깊이 남편을 존경하고 남편의 건강과 성공을 기원하며, 그것이 살아가는 가장 큰 목표입니다' 일 것이다. 그러나 아름다움이 약함을 뜻하는 것은 아니다. 예를 들면, 이런 말을 한 남성의 아내는 요즘 같은 시대에 한마디 잔소리도 하지 않고, 시부모와 동거하며, 병든 시부모를 완벽하게 봉양하고, 자녀를 양육하고 있는 여성이다. 오히려 보호를 받고 있는 쪽은 남성이 아닐까 하는 생각이 든다. 아내가 결혼 초부터 변함없는 것이 아니라, 세상물정 모르고 곱게 자란 아가씨였던 여성이 상황에 따라서 강해졌고, 보통 때라면 분쟁이 될 수 있는 시부모와의 동거나 간병을 혼자서 잘 처리해 가는 법을 터득한 것이다.

일이 순조롭게 잘 풀리며 일에 대해 자신감이 넘치는 남성들은 아내에 대해서도 자신만만하다.

"아내에게 나는 절대적인 존재입니다. 아내에게서 헤어지자는 말은 절대로 들을 일이 없습니다. 만일 우리 부부가 이혼하게 된다면 제게 사랑하는 여자가 생겼을 때뿐이겠죠."

"아내는 그저 평범하게 살아갈 뿐 자신의 주장 따윈 없습니다. 다만 나를 내조하고 보살펴 주는 존재입니다."

변화를 자각한다

정말 그럴까? 그들의 아내는 깊은 생각도 없고 남편의 내조만을 하고 있는 것일까? 결코 그렇지 않을 것이다. 아내들은 냉정하게 남편의 일이나 부부 관계, 지금의 생활을 지켜보고 있을 것이다. 사람이란 상대방이 자신에 대해 어떻게 생각하고 있는가 하는 것에 민감하다. 그래서 남편이 자신의 존재를 제대로 인정하지 않고 있다는 것을 재빠르게 알아차린다.

남편 덕분에 경제적으로 풍요롭고 사회적인 지위가 보장되어 있다 해도, 제 모습대로 살아가지 못한다면 아내는 정신적인 폐쇄감이 증가하고, 함께 살아가는 것에 대한 충족감을 느끼지 못할 것이다. 그런 사례는 주로 부부간의 균형이 잡혀 있다고 생각되는 포인트, 즉 남편과 아내가 서로 자신들의 관계가 좋다고 느끼고 있는지 그렇지 않은지를 파악해 보면 알 수 있다. 어느 한쪽이 일방적으로 참기 때문에 유지되는 관계라면 매우 위험하다.

부부 관계에서 요구되는 것이나 균형 감각도 세월과 함께 변화되어 왔다. 자녀 양육이나 자녀들이 독립해 가정을 떠나는 라이프 사이클에 의해, 또는 전직이나 정년퇴직, 경제적인 변화가 부부 관계에 미치는 영향은 대단히 크다. 그때 부부가 동시에 변화를 받아들인다면 또 다른 균형으로 새로운 관계를 만들 수 있겠지만 어느 한쪽이 일방적으로 변화하면 부부 사이에 엇갈림이 발생하게 된다. 어느 정도 현실과 균형이 맞는 행복한 부부였다 해도 생활해 가는 과정에서 자신이 원하는 것이나 상대가 바라는 것이 변화할 가능성도 있다. 서로가 변화를 깨닫기 위해서는 고집이나 과도한 자신감은 별로 좋지 않다.

성숙한 부부 관계를 위한 노력

좋든 싫든, 오늘날엔 개인이 '자기답게 살아가는 것'을 긍정하는 방향으로 흘러가고 있다. 부부 공통의 목적이 없고, 존경이나 흥미를 갖지 않는 부부 관계를 지속해 나갈 필요성도 없다. 이혼에 대해 일반적으로 느끼는 윤리 의식은 확실히 낮아졌다. 그렇다면 사회적인 개인으로서 서로를 인정해 주며 성숙한 부부 관계를 만들어 갈 수 있는 길은 무엇일까.

미국이나 스웨덴의 부부를 인터뷰한 결과, 그들은 이미 오래전에 사회의 변화나 가치관의 전환을 자신들의 과제로 받아들여 성숙한 관계를 이루어 가는 구체적인 방법을 모색하고 실천하려고 노력해 왔다.

물론 모두가 잘하고 있다고 말할 수는 없으며, 지금도 시행착오와 실패를 거듭하고 있다. 시행착오의 산물인 이혼과 재혼이 증가하고, 자녀에게 미치는 영향도 크다.

부모의 이혼에 상처 받지 않는 자녀는 없으며, 재혼한 경우에도 그 가정 내에서 아이의 고독감은 심각한 문제로 대두되고 있다. 부부가 개인적인 자신의 인생을 사는 것과, 자녀를 지키는 가정으로서 어떻게 존재해야 하는지 그 균형을 찾는 방법은 아직까지도 의문으로 남아 있다.

한국의 상황도 안정적이지만은 않다. '가족개정법'이라는 사회적인 움직임만큼이나 사람들의 가치관 또한 매우 급격하게 변화하고 있다. 대전환점에서 남녀나 세대 간에 매우 큰 엇갈림이 발생하고 있다. 이혼의 증가는, 변화를 자신의 것으로 받아들이고 있는 여성과, 변화를 받아들이기 힘든 남성과의 사이에 어긋남이 초래한 결과로 여겨지고 있다.

'정년'을 첫 번째 발판으로

두 사람이 결혼하면 부부가 된다. 그런데 그것은 인생의 '골'이 아니라 '스타트'이다.

부부 관계는 참는 것만을 배우는 것도, 포기하는 것만을 알아가기 위한 것도 아니다. 누군가와 함께 살아가는 즐거움을 맛보기 위한 것이 결혼 이유다. 그러므로 서로 느낌을 나누며, 격려하고, 자신의 존재감을 확인할 수 있는 관계여야 한다. 그러기 위해서는 우선 한 사람의 인간으로 자신을 바라보고, 동시에 상대의 개성도 인정해 주는 태도가 중요하다. 다른 사람이 원하는 역할을 위해 살아가는 것이 아니라, '개인'으로서 자기 자신이 선택한 인생을 살아가고자 하는 것이 오늘을 살아가는 사람들의 공통점이다. 자신을 위해 살아가고 싶다는 생각에 남녀의 구별을 두지 않고 이해하면 당연히 '개인'으로서의 상대방도 존중하게 된다.

부부란, 태어난 곳도, 자란 곳도 다른 두 사람이 서로를 인정하고, 남녀 서로 자신을 억누르는 것이 아니라 각자를 이해하고 함께 살아가는 쉽지 않은 인생 여정을 함께 떠난 사람이다.

'자립한 여성이 좋다'고 말하는 남성 가운데는 아내를 대등한 관계로 인정하지 않고 무조건 자신의 존재를 긍정해 주기만을 바라는 사람들이 있다. 반면 경제적으로나 정신적으로 자립했으며, 어떤 일도 혼자서 헤쳐나갈 수 있는 능력을 가지고 있으면서도 남성에게 의지하고 싶어 하는 여성도 있다. 그러므로 대등한 관계가 성립되지 않는 것은 남녀 어느 한쪽의 일방적인 책임이 아니다. 남녀 모두 부부 관계를 상대의 탓이라고 여기지 말고 자신 속에 있는 약함과 모순을 바라보고 서로의 차이점을 인정하여 원만한 인간관계를 만들어 가는 길이 가장 좋을 것이다.

부부로 살아가는 긴 세월 동안 어딘지 모르게 마음이 답답하고 개운하지 않은 부분이 있었거나, 심각한 문제를 느끼면서도 서로에게 무덤덤하게 살아왔는가? 그렇다면 이제는 정년이라는 새로운 기회가 부부 관계를 새롭게 점검하여 관계를 구축해 가는 인생의 큰 전환점이 되어 줄 것이다. 자신들이 어떤 부부이고 싶은가, 어떤 삶을 원하는가, 무엇을 가장 소중하게 여기는가를 확실하게 인식하고 있는 부부들은, 맞벌이를 하든 역할을 분담하며 살아 왔든 서로의 관계에 만족한다. 결국은 무엇을 선택하고, 어떻게 살 것인가를 스스로 결정하고, 그것을 부부가 서로 인정하며 공유할 수 있는 점을 만들어 가는 것이 가장 중요하지 않을까?

바로 지금 남편과 아내에게는 '부부 관계의 재디자인'이 필요하다.

＊ 각 장의 등장인물은 가명이다.

변화를 맞이하는 부부 관계

'베이비붐 세대의 부부는 남편의 정년을 어떻게 맞이하며 어떤 부부로 살아갈 것인가?'

어쩌면 이 문제는 남편들이 진심으로 생각하고 싶지 않은 문제일지도 모른다. 황혼 이혼이 대두되는 한편 2007년부터 시작된 연금 제도를 의식해서인지 황혼 커플의 이혼율은 요즘 들어 감소하고 있다. 하지만 이것은 폭풍 전야의 고요함인지도 모른다. 앞으로 황혼 이혼이 늘어날 수밖에 없다는 생각이 드는 것은, 단순히 개인적인 문제에서 발생하는 것이 아니라 시대의 전환점에 서 있는 부부라는 시스템이 변화를 맞이하고 있기 때문이다.

부부란 혈연으로 맺어지지 않은 두 사람이 만드는 가족의 기본 단위이다. 자라 온 환경과 사고방식이 다른 두 사람이 '사랑'으로 결합하는 것이므로 깨어질 가능성이 언제나 존재한다. 최근 들어 이혼 후 혼자 살거나 싱글로 사는 사람들이 증가하는 것을 보면 지금까지 유지해 온 제도에 문제가 있는 것이 아닐까 하는 의문이 생긴다. 이미 유럽 등지에서는 결혼 제도 자체가 변질되기 시작했다. 결혼에 있어서 두 사람의 관계라는 것은 무엇일까? 여기에 낡고 새로운 주제가 숨어 있다고 봐야 한다.

산토리차세대연구소는 주로 아이들과 젊은 세대를 대상으로 사회 현상을 연구해 왔다. 그런데 이번에 부부, 그것도 황혼 부부를 연구하여 책을 출판한 것은 나름의 이유가 있다.

정년을 앞둔 베이비붐 세대는 젊은 세대들에게는 가까운 모델이다. 특히 인구 비율이 높고 사회 전체에 큰 영향력을 미치고 있으므로, 이들의 이혼이 증가하면 그 영향을 받는 사람들(특히 자녀)도 증가할 수밖에 없다.

본 연구소에서 실시한, '2004년 싱글에 관한 조사'에 의하면 싱글 가운데 신세대 나름대로의 결혼관에 묶여 있는 사람들이 많다고 한다. 젊은 세대들에게는 베이비붐 세대의 부부들이 어떻게 살아가는가 하는 것이 매우 관심이 가는 주제다.

산토리차세대연구소는 전신인 '후에키류코(不易流行)연구소' 시절부터 가족에 관한 조사를 다양하게 지속해 왔다. 《시대의 기분, 세대의 기분》(NHK북스 출간)에는 전후 사회의 변화가 가족이나 개인에게 어떤 영향을 주는가를 연구한 결과가 실려 있다. 특히 베이비붐 세대는 의식과 실태의 괴리가 크고, 그것이 부부에게 큰 문제가 될 것이라고 예상하고 있다. 서로의 존재 의미를 다시 인식하지 않으면 정년 후 20년을 두 사람이 함께 산다는 것은 어려울 것이다. 해외의 7개국 가족을 조사한, 《이제부터 가족을 위해》를 통해서는 부부가 행복하게 살기 위해서는 여러 가지 노력이 요구된다는 사실을 알았다.

부부가 역할을 분담해서 살아 왔던 시대는 어떤 의미에서는 안정이 유지되어 왔다고 할 수 있다. 그러나 정년은 남성들이 바라든 바라지 않든 부부 관계를 대등하게 만든다. 그것은 이제부터 증가하는 맞벌이로 인해 각자가 경제적으로 자립한 부부의 태도와도 연관되어 있다. 여기에는 젊은 부부들에 대해서는 소개하지 않았지만 이 시대의 이혼이 증가하는 것을 생각하면 젊은 세대는 대등한 관계 속에서 부부를 존속시켜야 한다는 어려운 문제를 이미 알고 행동하고 있다고 할 수 있다. 황혼 부부가 지금 직면하고 있는 문제는 세대를 넘어선 공통의 주제이다.

부부란 참 이상한 관계다. 좋은 사람들이 좋은 관계를 유지하는 것이 아니라 '쓴 여뀌를 먹는 벌레도 제 좋아서 먹는다'는 속담처럼 다른 사람들이 어떻게 생각하든 상관없이 행복한 경우도 많다. 또 자신에게 좋은 것이 상대방에게도 좋다고 할 수 없다. 남들에게는 이해되지 않는 일도 두 사람 사이에 신뢰만 있다면 아무 문제가 없다. 다른 사람들 말에 조금이라도 신경이 쓰인다면 서로의 진심을 알기 위한 노력이 필요하지만 그 전에 먼저 상대방에 대해서 진심으로 알지 못했음을 인식할 필요가 있다.

천차만별인 부부의 모습을 두고 이것이 최선의 해결책이라고 제시할 수 있는 것은 없다. 하지만 2007년은 베이비붐 세대의 부부들이 커다란 전환점을 맞이하는 시기이기에 지금까지의 조사를 정리하게 되었다.

이 책이 서로를 알기 위한 도구로 사용될 수 있기를 바란다. 그래서 이론보다는 사례를 많이 소개했다. 당사자와는 조금 거리를 두고 냉정한 눈으로 베이비붐 세대의 부부를 관찰하기 위해 베이비붐 세대와 나이가 많이 차이나는 하자마 에미코가 정리했다.

이혼을 지지하는 분들에게는 어딘지 부족하다고 느껴지는 부분이 있을지도 모르겠다. 하지만 이 책의 의도는 이혼을 권장하는 것이 아니라 서로를 알아가는 데 도움을 드리고자 했음을 이해해 주시기 바란다. 그 부분에 대해서 남성이나 여성, 남편이나 아내들이 편안하게 읽을 수 있도록 썼다. 고집을 세우며 양보하지 않는 상대방을 변화시키기에 앞서 냉정하게 상대방의 기분을 깊이 이해해 줄 필요가 있다. 이 책이 그런 길잡이가 되었으면 한다.

연구 과정에서 많은 연구 동역자들과 부부에 대해서 진지하게 의논함으로써 시사하는 바가 컸다. 또 인터뷰에 진심으로 응해 주신 분들 덕분에 이 책을 완성하게 되었다. 지금까지 연구에 참여해 주신 모든 분들에게, 그리고 우리들은 생각할 수 없었던 과감한 타이틀을 붙여 주신 야담가 마루키 아키히로 씨와 나라베 아유미 씨에게 깊은 감사의 말씀을 올린다.

산토리 차세대 연구소 부장

사도우 유미코